夏井いつきの「雪」の歳時記

夏井いつき

世界文化社

はじめに

見て、感じて、旅するように季節を詠む

夏井いつき

俳句における「雪」「月」「花」は三大季語と呼ばれ、広く奥深い世界を内包している季語です。そこに、和歌の時代から詠まれている夏の季語「時鳥《ほととぎす》」を加えての、一季語一冊×四という贅沢な歳時記を作ることを思い立ちました。歳時記は、日本人にはごく身近な書物ですが、世界の人々からすると驚くほど素晴らしい一冊なのです。季節と共に生き、季語を愛でて詩に詠む文化は、四季の恵み豊かな日本ならではのものです。

皆さんは、「雪は豊年の瑞《しるし》」という言葉をご存知ですか。稲作にはたくさんの水が必要です。雪が多い年は、山に降った雪解水による豊作が見込まれることからこの言葉が生まれました。豊作を約束する雪は、満開の桜のようにめでたいものでした。万葉集第一七巻にこう詠まれています。「新《あらた》しき年の初めに豊《とよ》の稔しるすとならし雪の降れるは　葛井諸会《ふじいのもろあい》」。また島国日本では、風や雲を見て漁に出たり、田植えをしたり、ということが行われていました。春先に吹く東風《こち》は春を告げる風ですが、海上では強い風となることから、漁民は「時化《しけ》ごち」と警戒し、瀬戸内海などでは鰆が乗って来る風ということで、「さわらごち」とも呼ばれます。歳時記にはこんな生活の言葉がたくさん集められています。

歳時記の歴史を遡ってみても、いかに日本人が季節感を大事にしてきたかがわかります。『万葉集』や『古今和歌集』の時代、すでに季節によって詩歌が分類され、『能因歌枕』では月別に季語が選ばれ、平安時代後期の『金葉和歌集』で初めて「月」が秋の景物と定められ、以降、「花」を春、「時鳥」を夏、「紅葉」を秋、「雪」を冬とする伝統的な日本の美意識が生まれました。鎌倉時代の連歌において季語は重要な要素となり、江戸時代の俳諧では益々庶民の暮らしに身近な季語が集められました。そして明治時代に、正岡子規が季語を核とする一七音の短詩型として俳句を変革し、高浜虚子が俳句の主題は伝統的な美意識を有する季語であるとして、俳句を日本中に広めてきました。

歳時記とは、詩に詠まれ洗練されてきた言葉と、自然の中で生きるうえで必要な言葉が一緒に詰まっている季節の恵みの結晶です。和歌や俳句だけでなく、川端康成が『雪国』で、谷崎潤一郎が『細雪』で紹介した日本人の美しい心や季節と共にある生は世界的にも有名で、ＨＡＩＫＵやＳＥＡＳＯＮ ＷＯＲＤという言葉は世界中に知られています。

季語には、「御降、花衣、青嵐、朧月、鰯雲」などの美しいものもあれば、「山笑う、亀鳴く、生身魂、闇汁」などの面妖なものもあります。それらの季語の中の王や女王とも言うべき四大季語についての四冊シリーズの初回にお届けするのが「雪」の一冊です。夏井いつき自身がぜひ欲しいと思う「雪」という季語の情報のみで構成されている歳時記が本書です。

さまざまな雪の表情を表現する傍題について私が知りたい科学的な知識や、私が以前から持っていた雪についての疑問、例えば「雪の結晶は六角形だけ？」「雪片はぶつかるとくっつくか？　壊れるか？」「霧氷と樹氷はどう違う？」「霰《あられ》と霙《みぞれ》はどう違う？」「雪まくりや、根開《ねあ》き（雪のまわりだけ雪が融けること）はどうやってできるのか？」などをまとめて、妹で俳人のローゼン千津に持たせ、気象庁の気象研究官、荒木健太郎《あらきけんたろう》先生のもとへ派遣しました。好奇心旺盛な俳人目線であり、科学的には全く素人だからこそ聞ける、根掘り葉掘りの質問。興味深い雪の情報をわかりやすく教えていただきました。

さらに美しい「雪」の写真を多数掲載することで、「雪」という季語の現場に足を運べない高齢の俳句ファンや、南国に暮らす方々にも、雪の光景を写真によって追体験していただきたいと思います。私が出演しておりますテレビ番組の俳句コーナーでは、タレントの皆さんが一枚の写真を兼題として、名句や迷句を一生懸命詠まれていますが、その経験からも、この歳時記は作り手も読み手も一緒に楽しめる一冊ではないかと確信しております。

写真と共に味わう例句は、古き良き時代の俳人たちの作品を選んでおり、古人が詠んでいない細かな傍題については、現代に生きる市井の俳人たちから投句を募集。ブログ「夏井いつきの100年俳句日記」にて、一日一兼題×二十三回の募集をかけ、その中から選んだ優秀作品を例句として掲載しています。

また以降出版予定の「花」「時鳥」「月」の歳時記へは、本書巻末のはがきにて、投句できます(→P.95)。

季語「雪」のみに特化した歳時記。永久保存版の作句の友として、ご愛用いただければ幸いです。

夏井いつきの「雪」の歳時記

目次

冬を彩る美しい季語「雪」

木枯らしが吹き、辺りが枯れ木ばかりになったころ、卒然と「雪」が降りだします。静かに、厳かに、激しく、強く、やさしく、美しく、圧倒的に、そこはかとなく、おだやかに……。雪のさまざまな表情は、実に多様な季語で表現することができます。本書に登場する「雪」と「雪」に付随する関連季語（傍題）を紹介します。

《**雪**》気温が零度以下になると、大気の上層で水蒸気が結晶し、地上に降ってくる。冬の季語の代表「雪」は、多彩な景観をもたらし、色々な名で呼ばれる。雪の結晶には六角形のものが多く、花の形に見えることから「六花」「銀花」「雪の花」とも呼ばれる。

《**六花**《むつのはな》》雪の異称。結晶の多くが六角形をしていることから。「雪の花」とも。

《**銀花**《ぎんか》》雪の異称。結晶が美しい銀色の花のように見えることから。

《**雪の花**》雪の結晶には六角形のものが多く、花の形に見えることから「六花」とも呼ばれる。

《**雪催**《ゆきもよい》》頭上に暗い雪雲が降りてきて、今にも雪が降りそうな空の兆しをいう。

《**雪空**》雲が重く垂れこめ、今にも雪が降りそうな様子の空。雪雲。

《**雪起し**《ゆきおこ》》寒冷前線の通過に伴い起きる雷。北国では、俄かに空が暗くなり、電光と雷鳴の後に雪が降ってくることが多い。雪を起こす雷の意。

《**初雪**》その冬初めて降る雪。土地によって、初雪の時期は異なる。

《**薄雪**《うすゆき》》うっすらと降り積もった雪。

《**小雪**《こゆき》》少しだけ降って積もらないのが小雪。

《**風花**《かざはな》》晴天にちらつく雪。雪山から山麓へ吹き下ろされる雪片。

《**雪片**《せっぺん》》一片の雪。気温が高いときは湿って大きく、低いときは小さく乾いた雪片となる。

《**細雪**《ささめゆき》》細かい雪、まばらに降る雪。

《**粉雪**《こなゆき》》気温の低いときに降るさらさらに乾いた粉のような雪。

《**餅雪**《もちゆき》》水分を多く含み、やや融解しているふんわりとした雪。

《**べと雪**》粉雪の対語。餅雪よりもさらに水分を多く含む。

《**水雪**《みずゆき》》べと雪よりもさらに水分を多く含んだ雪。みぞれに近い。

《**大雪**《おおゆき》》どんどん降って降り積もるのが大雪。

《**降る雪**》雪が降っている景色、または降る雪のこと。

《**吹雪**《ふぶき》》風を伴って吹きつける雪。古くは「雪吹」と表記された。道に積もった雪が舞い上がるのを「地吹雪」と呼ぶ。

《**雪しまき**》激しく吹く風を「風巻《しまき》」と呼ぶ。風雪が激しく吹き荒れるのが「吹雪」なら、雪風が巻き起こるのが「雪しまき」。

《**雪風**《ゆきかぜ》》雪混じりの風。吹雪。

《**新雪**《しんせつ》》降ったばかりの雪。

《**湿雪**《しめりゆき》》水っぽく重たい積雪。

《**しまり雪**》降ってから少し時間が経った硬い積雪。

《**ざらめ雪**》大きくザラザラした氷粒状の積雪。

《**根雪**《ねゆき》》降り積もったまま雪解けの時期まで残っている下積みの雪。

《**深雪**《みゆき》》深々と降り積もった雪。

《**雪景色**》雪が降り積もっている風景。雪が降っているときの景色も指す。

《**雪原**《せつげん》》見渡す限りどこまでも雪が積もって真っ白な野原。

《**雪国**》北陸や東北など、雪が多く降る地方。

《**雪の宿**》雪の降り積もった宿。

《**衾雪**《ふすまゆき》》一面に広く降り積もった雪。

《**雪折**《ゆきおれ》》積もった雪の重みで木や枝が折れること。

《**雪女**《ゆきおんな》》雪国に言い伝えられる幻想譚だが、雪深い山中の吹雪に雪女や雪の精の顔が現れるのを見た人あり、などという古い文も残っている。

《**雪明り**《ゆきあか》》積もった雪が反射して、夜も薄明るく見えること。

《**雪月夜**《ゆきづきよ》》月の出ている雪の夜。

《**雪晴**《ゆきばれ》》雪が降り積もった翌朝は、風のない晴天に恵まれることが多い。

《**しづり雪**》雪が重みで屋根や木の枝から落ちたり、風が吹いて落ちたり、陽に融けて落ちたりするさま、またはその雪のこと。

《**雪の声**》樹木や竹などに積もった雪が落ちる音。

《**筒雪**《つつゆき》》電線などの細長いものに降り積もり、筒のような形になった雪。「冠雪」とも。

《**冠雪**《かむりゆき》》木や門柱などのてっぺんに冠をかぶせたような形にこんもり積もった雪。「筒雪」とも。

《**雪紐**《ゆきひも》》塀や木の枝などに積もった雪が融けて滑り出し、紐のように垂れ下がったもの。

《**白雪**》真っ白に積もった雪。

《**雪庇**《せっぴ》》山の稜線から風下の側に庇のように張り出した積雪。

《**傘の雪**》道行く人の傘や笠に積もった雪。

《**雪見**《ゆきみ》》春は花見、秋は月見、冬は雪見といって、美しい庭園や寺社に出掛け宴を張るのが日本の三大風流シーン。

《**雪達磨**《ゆきだるま》》大小二つの玉を転がして、達磨の胴に頭を載せて作る遊び。雪仏ともいう。

《**雪合戦**》雪玉を丸めて投げ合う遊び。

《**雪掻**《ゆきかき》》積もった雪を箒《ほうき》で掃いたり、シャベルで掻いたりして道をつける作業。

《**雪下し**《ゆきおろ》》屋根に積もった雪の重みで戸や窓が開かなくなったり、家が傾いたりするのを防ぐため、屋根に上って雪を掻き下ろすこと。

《**雪踏**《ゆきふみ》》雪掻きが間に合わないほどの大雪になると、雪沓《ゆきぐつ》や藁沓《わらぐつ》やかんじきを履いて雪を踏み固めて道をつける。

《**雪吊**《ゆきつり》》庭木の枝などが雪の重みで折れないように、縄などを幹に張り、枝を吊り上げること。樹木を守るだけでなく、北国の冬の景観としても楽しまれる。

《**雪囲**《ゆきがこい》》雪国の冬構えの一つ。屋根や戸に横木を渡したり、樹木を菰で覆ったりして雪に備えること。

《**淡雪**》「牡丹雪」とも呼ばれる。春の雪は結晶が大粒で、雪片が牡丹の花びらのように大きく、ぼたぼたと降って融けやすい。

《**春雪**《しゅんせつ》》春になって降る雪。冬の雪と違って降るそばから融け、積もってもすぐ消える。

《**残雪**《ざんせつ》》雪が融けてしまっても、裏庭や日陰などに残っている雪。

《**雪間**《ゆきま》》雪が融け出すと、その隙間から草の芽などが顔をのぞかせる。

《**雪解け**《ゆきど》》暖かくなり、積もった雪が雪解雫、雪汁となって融ける。その頃吹く風を雪解風《ゆきげかぜ》という。

《**名残の雪**》春の雪の降り納め。名残の雪。涅槃会《ねはんえ》（陰暦二月十五日）頃に降ることから、「涅槃雪」とも呼ばれる。

凡例

紹介した俳句の中には、複数の表記が存在するものがありますが、本書は『講談社版　愛用版　日本大歳時記〈冬〉』(講談社・1989年)を底本としております。また、底本に記載のない俳句については、元句を尊重したうえ、読みやすさの点から基本的には踊り字は使わず、新字体を使用しております。なお、読み方の不明のものについては、ふりがなを記載しておりません。

参考文献

『カラー版　新日本大歳時記』(講談社・1999〜2000年)
『虚子編　新歳時記　増訂版』(三省堂・昭和26〈1951〉年)
『現代俳句文学全集　川端茅舎集』(角川書店・昭和32〈1957〉年)
『日野草城全句集』(沖積舎・1988年)
『一茶句集　現代語訳付き』玉城司訳注(角川学芸出版・平成25〈2013〉年)
『竹田美喜の万葉恋語り』竹田美喜(創風社出版・2011年)

Part 1

雪の名句を味わう

「雪」は山に咲く稲の花に見立てられ、
「豊年の瑞」として慶びを表すものとされてきました。
暗く閉ざされた重厚な光景、
心安らかで楽しげな場面、激しく情熱的な心情、
気分も新たに心引き締まる情景……。
ただ静かに降り続く雪の世界。
情緒豊かな写真とともに名句を味わってみましょう。

是がまあつひの栖か雪五尺

小林一茶

雪に来て美事な鳥のだまり居る

原石鼎

降る雪や玉のごとくにランプ拭く

飯田蛇笏

ゆきふるといひしばかりの人しづか

室生犀星

いくたびも雪の深さを尋ねけり

正岡子規

かぎりなく降る雪何をもたらすや

西東三鬼

雪はげし抱かれて息のつまりしこと

橋本多佳子

馬をさへながむる雪の朝かな

松尾芭蕉

狼の声そろふなり雪のくれ

内藤丈草

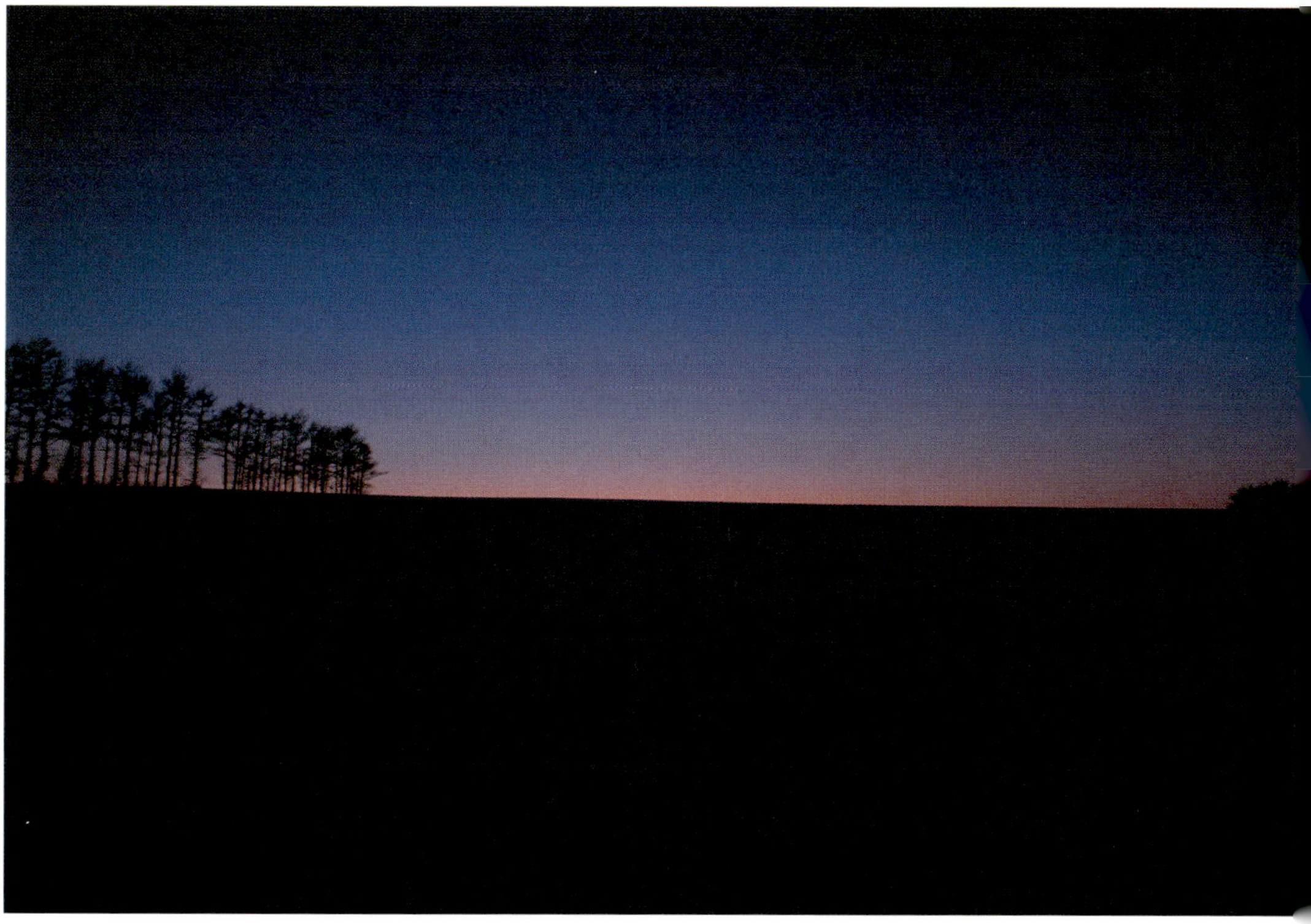

ともし火を見れば風あり夜の雪

大島蓼太

Part 2

雪のさまざまな表情を味わう

その年初めてちらつく雪、
六弁の花のように結晶する姿、
さらさらに乾いた粉雪、積もりたての「新雪」、
木の枝から垂れ下がる「雪紐」、
屋根から落ちる「しづり雪」、
一面に雪の蒲団をかけたような「衾雪」、
雪のため明るい夜「雪明り」、
春まで残る「残雪」――。
雪のさまざまな表情を味わいましょう。

湯帰りや灯ともし頃の雪もよひ

永井荷風

雪は空からの便り

雲が垂れ込め、今にも雪が
降り出しそうな空の兆し。
ちらちらと降る初雪。
ゆっくりと静かに訪れる
冬の足音を感じてみましょう。

雪空を曳き優駿のお嫁入り

酒井おかわり

納豆するとぎれやみねの雪起

内藤丈草

うしろより初雪降れり夜の町

前田普羅

薄雪の笹にすがりて雫かな

夏目成美

麦の芽のうごかぬ程に小雪ちる

蝶夢

ひとひらの雪、雪の手ざわり

銀色に輝く花びらのような雪、
さらさらと細かく降る雪、
ふんわり水分を含んだ雪、
みぞれのような雪。
形や色、感触を想像しながら。

点字器に波打つ紙や六花

てん点

コッヘルに銀花と舌の張り付きぬ

トポル

馬の尾に雪の花ちる山路かな

各務支考

いまありし日を風花の中に探す
橋本多佳子
雪片にふれ雪片のこはれけり
夏井いつき

恋衣

淋しいと言へばさうだと細雪
くろもじに粉雪かかりてみづみづし

富安風生

餅雪やチチモミマスの東入ル

オオタケシネヲ

べと雪や易者の前に小半時

はまゆう

水雪踏む枕草子諳んずる

播磨陽子

長く厳しい冬

風を伴って吹き付け、激しく吹き荒れる風雪は、厄介な神のよう。吹雪に閉ざされた雪国の長く厳しい冬がはじまる。

大雪や婆々ひとり住藪の家

松尾芭蕉

心からしなのの雪に降られけり

小林一茶

長橋の行先かくす雪吹かな

炭太祇

雪しまき焦都しばらく窓に消ゆ

日野草城

雪風のリフトに柱数へをり

板柿せっか

雪深い
北国へ

どこまでも続く一面真っ白な雪、
数メートルも降り積もった積雪、
唸りさえ聞こえる凍る海。
自然の圧倒的な強さに息を飲む。

朝明けやこの新雪をごんぎつね

誉茂子

海岸にへばりつく町湿雪
竜胆

鉄紺の海の唸りやしまり雪
くるみだんご

鍵替えて入れぬ母屋ざらめ雪
カリン

バス停の根雪鞄の「山月記」

かまど

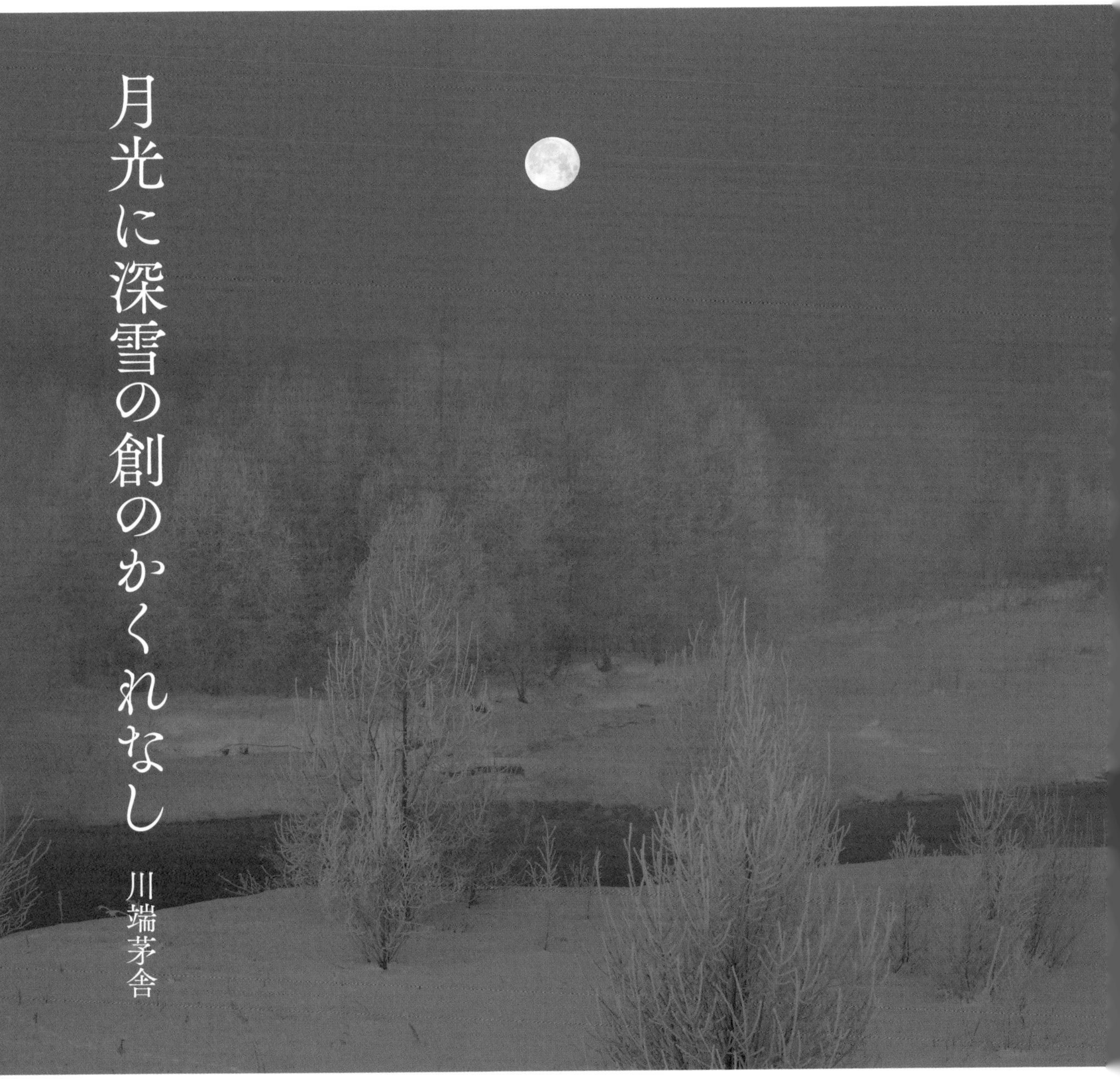

月光に深雪の創のかくれなし

川端茅舎

雪景色メタセコイアはよき姿勢

青萄

白銀の世界に包まれて

雪の国に深く足を
踏み入れてみると、
そこは幻想的な別世界。
冷たくしんとした
木々の向こうに
歩を進めると雪の精にも
出会えるかも。

ながながと川一筋や雪の原
野沢凡兆

雪国の藁の匂ひへ産まれをり　三重丸

鍋煮ゆる音も訛りぬ雪の宿　さちよ

月影の四方つまみて衾雪

さとう菓子

雪折れ聞えてくらき夜なるかな

与謝蕪村

雪女ことことここへ来よ小鳥

夏井いつき

里へ出る鹿の背高し雪明り

炭 太祇

雪月夜すきとほる三半規管

一斤染乃

雪晴れて蒼天落つるしづくかな

前田普羅

自然の造形美

樹木や家々の屋根、壁などに降り積もった雪が
織り成す自然の造形美。
どさりと落ちる雪の声にも耳を澄ませて。

寝て起きぬ戸をこそ繰るやしづり雪　永井荷風

雪の声ひとつはダイダラボウの声　樫の木

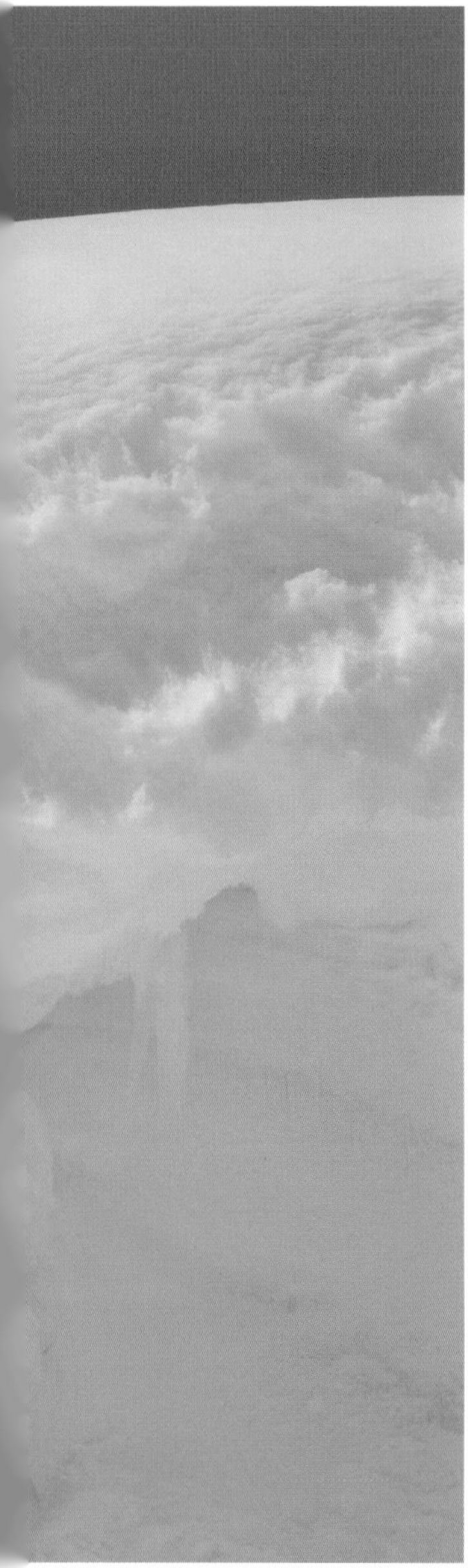

筒雪どさどさイーハトーブの電柱行進　めいおう星

雪紐の陽当たるまでを眠そうに　穂積天玲

冠雪かがやき朗読の時間

片野瑞木

白雪を冠れる石のかわきをり

川端茅舎

雪庇より見上げて銀の晴れ間かな

くらげを

人とともにある雪

雪掻きや雪下ろしは
雪国に欠かせない雪仕事。
だんだん汗ばんで
冬構えは万全。雪遊びに
興じる子どもたちの
元気な声が聞こえる。

一条と二条は遠し傘の雪

嵐山

いざさらば雪見にころぶところまで

松尾芭蕉

雪踏みて乾ける落葉現はれぬ

高浜虚子

御ひざに雀鳴くなり雪仏

小林一茶

雪合戦わざと転ぶも恋ならめ

高浜虚子

雪掻いてゐる音ありしねざめかな

久保田万太郎

雪卸し能登見ゆるまで上りけり

前田普羅

雪吊の松を真中に庭広し
高浜虚子

越後路の軒つき合す雪囲
松本たかし

雪解け、春近し

積もった雪が温かくなり、
トンネルの先の光のように
少しずつ春の気配が訪れる。
長い冬が終わりを告げ、
雪解けはもうすぐ。

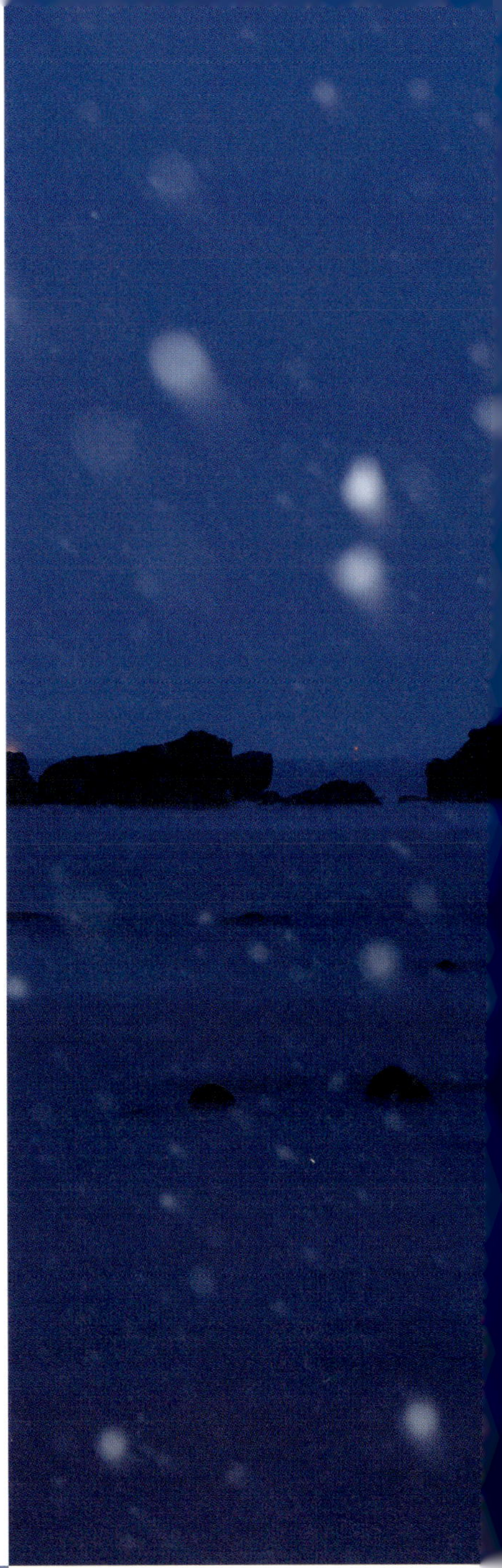

淡雪のつもるつもりや砂の上

久保田万太郎

春雪のしばらく降るや海の上

前田普羅

一枚の餅のごとくに雪残る

川端茅舎

古庭の雪間をはしる鼬かな

正岡子規

雪とけて村一ぱいの子どもかな

小林一茶

踏きやす雪も名残や野辺の供

向井去来

名句鑑賞

《雪》（P.10〜20）

是《これ》がまあつひの栖《すみか》か雪五尺　小林一茶《こばやしいっさ》

冬ともなれば雪が五尺（約一五〇センチメートル）も積もるような草深い田舎。ここがおのれの生涯を終える住処なのかと呆れつつ、腹をくくる。

雪に来て美事な鳥のだまり居る　原石鼎《はらせきてい》

一面の雪を背景に、木の枝に美しい色の鳥が来ている。鳴きもせず黙って居る。静かで豊かな時間。

降る雪や玉のごとくにランプ拭く　飯田蛇笏《いいだだこつ》

降り続く雪。夜にならないうちにランプの手入れをする。貴重な珠玉ででもあるかのように、ていねいに拭いてゆくのだ。

ゆきふるといひしばかりの人しづか　室生犀星《むろうさいせい》

「雪が降っています」と言い、それきり何も言わない。静かな時間が、雪のように降り積もる。

いくたびも雪の深さを尋ねけり　正岡子規《まさおかしき》

病床にあって辛く退屈な子規が、家族に、「今どのくらい積もっているか？」と幾度も雪の深さを聞く。

かぎりなく降る雪何をもたらすや　西東三鬼《さいとうさんき》

いつ止むともしれず降り続く雪。この雪は、果たしてこの世に何をもたらすのであろうか。問うように暗い空を仰ぐ。

雪はげし抱かれて息のつまりしこと　橋本多佳子《はしもとたかこ》

激しく雪が降っている。息も詰まるほど強く抱きしめられたことを、あの雪の日を思い出す。

馬をさへながむる雪の朝《あした》かな　松尾芭蕉《まつおばしょう》

旅立ちの朝。降り積もった雪原へ来て、しばし手綱を抑え、馬を止めて雪を眺める。馬の息が盛んに立ち昇る。さあこれから出発だ。

狼の声そろふなり雪のくれ　内藤丈草《ないとうじょうそう》

雪の降る夕暮。狼の遠吠えが聞こえる。一頭が鳴くと次が答え、また次が鳴く、というふうに狼の声は増えてゆき、やがてその遠吠えが一つになって、いっそう凄まじさを増す。

ともし火を見れば風あり夜の雪　大島蓼太《おおしまりょうた》

雪が降り積もりゆく静かな夜。行灯の火を見ると微かに揺れて、おや風があるのかと初めて気がつく。

《雪催》（P.22）

湯帰りや灯ともし頃の雪もよひ　永井荷風《ながいかふう》

銭湯で身を温めた帰り道、家々の窓に灯がともり始めた。今にも雪を降らしそうな雲が頭上に垂れ込めている。

《雪空》（P.23）募集特選句

雪空を曳き優駿のお嫁入り　酒井おかわり

今にも雪が降りそうな曇天の下、優駿の名馬がお嫁に行く。曳く手綱の感触も確と歩む花嫁馬。堂々たる体軀が発する熱も誇らしく雪空へ立ち昇る。

《雪起し》（P.23）

納豆するとぎれやみねの雪起　内藤丈草

擂鉢で納豆を擂っていた手を休めると、電光が閃き、激しい雷鳴が裏山の峰々に響く。今夜は雪になるだろう。

《初雪》（P.24）

うしろより初雪降れり夜の町　前田普羅《まえだふら》

夜の町を歩いていて、首筋にひやりとしたものを感じ、後ろを振り返ると雪が降っていた。今年の初雪だ。

《薄雪》（P.25）

薄雪の笹にすがりて雫《しずく》かな　夏目成美《なつめせいび》

雪がうっすら積もった笹の葉。美しい緑が透けている。よく見ると、その葉先にはすがりつくかのように雪雫が清らかに光っていた。

《小雪》（P.25）

麦の芽のうごかぬ程に小雪ちる　蝶夢《ちょうむ》

麦の芽に雪が散りかかる。瑞々しく柔らかな芽さえも動かないくらいの、ささやかな雪だ。

《六花》（P.26）募集特選句

点字器に波打つ紙や六花　てん点

点字器の打刻音がひびいている。規則的な動きが次々に印を打つ。少し音が止み、降る雪の湿気に波打つ紙をずらし、また打つ。六花の美しさを伝えて。

《銀花》（P.27）募集特選句

コッヘルに銀花と舌の張り付きぬ　トポル

山中の野営。急峻な雪山を登ってきた身体は疲れ、熱を求めている。コッヘルのぴりりとした冷たさが舌を捉えて放さない。透き通った銀花も金属に冷たく形を保ったまま。

《雪の花》（P.27）

馬の尾に雪の花ちる山路かな　各務支考《かがみしこう》

降りしきる雪の中を歩む馬。馬の尾に雪が積もり花が咲いているように見える。時折ばさりと尾を振ると、はらはらと雪の花が散る。

《風花》（P.28）

いまありし日を風花の中に探す　橋本多佳子

今そこにあった太陽が雲に隠れて見えなくなった。目前にちらつく雪のベールのような風花の向こうの、青空の雲間に見え隠れする日の光を目で追い求め探している。

《雪片》（P.28）

雪片にふれ雪片のこはれけり　夏井いつき

降ってきた雪片と雪片が触れ合って、ぱっと砕け散りながら静かに落ちていった。

《細雪》（P.29）募集特選句

淋しいと言へばさうだと細雪　恋衣

雪のようにつめたい淋しさに立ちすくんでしまうことがある。独白のように淋しいと言う。こまかいまばらな細雪が応じるようにまた雪片を散らつかせる。

《粉雪》（P.29）

くろもじに粉雪かかりてみづみづし　富安風生《とみやすふうせい》

葉や枝に芳香があり、爪楊枝に用いられる黒文字の木。落葉して目立たない黒っぽい枝に粉雪が降りかかり、黒白の色美しく瑞々しく見える。

《餅雪》（P.30）募集特選句

餅雪やチチモミマスの東入ル　オオタケシネヲ

ふわふわと水を含んだ餅雪が降っている。路地の端には積もりつつある雪が押しのけられている。妊産婦の乳房マッサージの看板に目がとまる、京都の古い路地の光景。

《べと雪》（P.31）募集特選句

べと雪や易者の前に小半時　はまゆう

かれこれ30分も易者と話し込んでいる。あれこれと言われ席を立つタイミングを逸してしまった。水を含んだべと雪がそろそろ背に染み込んでくるかのような気配。

《水雪》（P.31）募集特選句

水雪踏む枕草子諳んずる　播磨陽子

べちゃりと水雪を踏む。枕草子の時代を思う。かつてもこんな水雪のぬかるみを人々は歩んでいたのだなあと思いを馳せつつ、さて暗誦の続きはどこからだったか……。

《大雪》（P.33）

大雪や婆々ひとり住藪の家　松尾芭蕉

おそろしいほどに降り積もった雪。老婆がたった一人で住んでいるという藪の家がいかにも小さく心細げに見えている。

《降る雪》（P.33）

心からしなのの雪に降られけり　小林一茶

久しぶりに帰省した故郷は大雪。江戸にも雪は降るが、信濃の雪が自分にとっての雪、と心から思いつつ雪に降られている。

《吹雪》（P.34）

長橋の行先かくす雪吹かな　炭太祇《たんたいぎ》

雪の中、長い橋を渡る。橋の行先が隠れて見えないほどの、猛烈な吹雪である。橋の上はことに風が激しく雪が頬を打つ。

《雪しまき》（P.35）

雪しまき焦都しばらく窓に消ゆ　日野草城《ひのそうじょう》

吹雪が激しく吹き起こり、窓の外に見えていた、空襲に焼き焦げた都の景色が、しばらくの間消えてなくなった。

《雪風》（P.35）募集特選句

雪風のリフトに柱数へをり　板柿せっか

リフトに揺られる身へ、雪を乗せて風が容赦なく吹き付けてくる。楽しく、少しこわい。揺れるリフトにしがみつきながら、過ぎてゆく柱の数をひとつひとつ数え到着を待つ。

《新雪》（P.36）募集特選句

朝明けやこの新雪をごんぎつね　誉茂子

朝明けに新雪が照り映えている。この美しさの上を歩いてごんぎつねがやって来そうなほどの新雪の清らかな真白。「この」に生き生きとした実感がある。

《湿雪》（P.37）募集特選句

海岸にへばりつく町湿雪　竜胆

海岸線にへばりつくようにある町。行き過ぎる旅人の視線か、故郷への感慨か。潮風の水分を含んだ湿雪が、町全体をいっそう岩肌に吸い付かせているかのような暗い町。

《しまり雪》（P.37）募集特選句

鉄紺の海の唸りやしまり雪　くるみだんご

鉄のような紺色をした海が唸る。海は漁の恵みをもたらすが、時に恐ろしく吠え猛る。細かく締まった積雪は、鉄紺の唸りにさらに硬化していくように見える。

《ざらめ雪》（P.37）募集特選句

鍵替えて入れぬ母屋ざらめ雪　カリン

知らぬ間に鍵が替えられていて、母屋に入ることができない。軒先のざらめ雪が厚く固まっている。融けて凍ってをくり返した大粒のざらめ雪が自分の心のしこりにも思えて。

《根雪》（P.38）募集特選句

バス停の根雪鞄の「山月記」　かまど

今朝もまた雪が降った。バスを待ちながら「山月記」を読みふける。雪の下に核のような根雪があるのを感じる。春の雪解けまで、この根雪と過ごす日々が続く。

《深雪》（P.39）

月光に深雪の創のかくれなし　川端茅舎《かわばたぼうしゃ》

雪が降り止み、月が冴え冴えと輝いている。

田を覆う雪の上や雪原にできた割れ目が月光に照らされ、隠れもなくありありと創のように見えている。

《雪景色》（P.40）募集特選句

雪景色メタセコイアはよき姿勢　青萄

メタセコイアは「生きている化石」とも呼ばれる植物。天へ向かって紡錘型にすっくと立つ。雪景色の白に粧い、一段と姿勢よく並木は続いている。

《雪原》（P.41）

ながながと川一筋や雪の原　野沢凡兆《のざわぼんちょう》

白く静かな雪原に、川が一筋長々と続いている。黒々と動いて流れている。

《雪国》（P.42）募集特選句

雪国の藁の匂ひへ産まれをり　三重丸

しんしんと降る雪国に熱をもって産まれ出る生命。雪国の藁の匂いへと産まれ落ちるのは牛か馬か。早くも雪深い地の空気を胸深々と吸い込み、その匂いに馴染み始める。

《雪の宿》（P.42）募集特選句

鍋煮ゆる音も訛りぬ雪の宿　さちよ

ぐちぐちと鍋が煮える。外は雪。旅の宿に休む安らかな時間。逗留中の聞き慣れない訛りも旅の実感というものだ。心なしかこの鍋もそんな音で煮えている。

《衾雪》（P.43）募集特選句

月影の四方つまみて衾雪　さとう菓子

月が一面に降り積もった雪を照らしている。幻想的な雪原を取り囲む月影は、ひっそりとつまみあげるベールのように、その感触は冷たくやわらかい。

《雪折》（P.43）

雪折れも聞えてくらき夜なるかな　与謝蕪村《よさぶそん》

屋根も戸口も窓も積もった雪が覆い隠し、外が全く見えない暗い家の中。時折、雪の重さに耐えきれず折れる枝の音を聞いていると、暗い夜が益々暗くなるように感じる。

《雪女》（P.44）

雪女ことことここへ来よ小鳥　夏井いつき

雪女が冷たい指をさしのべて、小鳥を寄せている。ことことと白い指に来た小鳥に雪の息がかかると、小鳥はことことと氷の小鳥に変わってしまう。

《雪明り》（P.45）

里へ出る鹿の背高し雪明り　炭 太祇

餌を求めて里へ出てきたのだろう。雪明りに照らされ浮かぶ鹿の姿が背丈高く堂々として、人間でいう偉丈夫のようにすぐれて見えている。

《雪月夜》（P.46）募集特選句

雪月夜すきとほる三半規管《さんはんきかん》　一斤染乃

雪の月夜の冴え冴えとした光。月光までもがしんと冷えているかのようだ。冷たい光を吸い込んで私の三半規管も白く静かに共鳴し始める。透き通り始める。

《雪晴》（P.47）

雪晴れて蒼天落つるしづくかな　前田普羅

雪が降った翌朝、まぶしいほどに晴れた青空。屋根や木々の枝の雪雫は、遥か蒼天から滴り落ちているかのように美しい。

《しづり雪》（P.48）

寝て起きぬ戸をこそ繰るやしづり雪　永井荷風

雪に降り込められ朝日もささぬ家の中で眠っている。誰かが雨戸をくり開けると、その勢いで庭木に積もった雪がどさりと滑り落ちた。その音にようやく起きて蒲団から出る。

《雪の声》（P.48）募集特選句

雪の声ひとつはダイダラボウの声　樫の木

樹から落ちた雪のたしかな質量が耳に届いた。風が二つ三つと次々に雪の声を産み落としていく。今、また落ちた。一際重い音の一つはダイダラボウの声であったか。

《筒雪》（P.50）募集特選句

筒雪どさどさイーハトーブの電柱行進　めいおう星

長く長く電線に凍り付いた筒雪が続いている。今もイーハトーブの電柱たちはドッテテと行進しているに違いない。この筒雪をどさどさと振り落としながら。

《雪紐》（P.50）募集特選句

雪紐の陽当たるまでを眠そうに　穂積天玲

日も昇り気温も上がってきたが、この辺はもう少し日が当たるまで時間がかかる。ずれ落ちて垂れ下がった雪紐は退屈そうに眠そうに見えることだよ。

《冠雪》（P.51）募集特選句

冠雪かがやき朗読の時間　片野瑞木

校門の門柱には雪がこんもりと積もっている。外は寒いよ、さあ今日の朗読はどんなご本を読もうかな？　騒がしい子どもたちを円座にし、朗読の時間が始まる。

《白雪》（P.52）

白雪を冠れる石のかわきをり　川端茅舎

純白の雪を丸くかぶった石。雪をかぶっていない部分の石は冷え冷えと乾ききっている。

《雪庇》（P.53）募集特選句

雪庇より見上げて銀の晴れ間かな　くらげを

見事な雪庇だ。ここのところ荒れていた天候も今日は穏やかさを保っている。崩れる前に登ったほうがいいだろう。一面銀色の晴れ間を賛嘆し、また登る力を得る。

《傘の雪》（P.54）

一条と二条は遠し傘の雪　嵐山

一条通から二条通へ行く道のりは、ほかの通にくらべて遠い。雪の中を歩けばなお遠く感じる。ふと気がつけば、傘に積もった雪が重いほどになっていた。

《雪見》（P.55）

いざさらば雪見にころぶところまで　松尾芭蕉

さあ見送ろうではないか。雪に滑っても、それもまた風流というもの。いっそ転んでしまうところまで行こう。

《雪踏》（P.55）

雪踏みて乾ける落葉現はれぬ　高浜虚子《たかはまきょし》

玄関から門までの小径が雪に覆われてしまった。雪を踏み固め、道をつけているうちに、雪の下から乾いたままの落葉が現れてきた。

《雪達磨》（P.56）

御ひざに雀鳴くなり雪仏　小林一茶

「御ひざ」と敬いたくなるほど見事な出来の雪仏。おっとりと穏やかな形の雪仏の膝に雀も来て鳴く。

《雪合戦》（P.57）

雪合戦わざと転ぶも恋ならめ　高浜虚子

楽しい雪合戦。好きな人の注意を引くかのように、わざと派手に転んでみせるのは、恋でなくていったい何だというのか。

《雪掻》（P.58）

雪掻いてゐる音ありしねざめかな　久保田万太郎《くぼたまんたろう》

誰か早起きの人が雪掻きをしているらしき音がする。いま目覚めたばかりの寝床の中で、自分はその音を聞いている。

《雪下し》（P.58）

雪卸し能登見ゆるまで上りけり　前田普羅

屋根に上り、屋根の上に積もった雪のその頂上まで上ると、能登が見えた。能登を見るために上ってきたような嬉しさだ。これから気を引き締めて危険な雪卸しにかかろう。

《雪吊》（P.59）

雪吊の松を真中に庭広し　高浜虚子

丹念に雪吊を施した松を中心として、庭が広がっている。雪吊をする前の松の枝ぶりも見事だったが、雪吊を施されて一層精緻な松の眺めとなっている。

《雪囲》（P.59）

越後路の軒つき合す雪囲　松本《まつもと》たかし

越後路の冬は雪との闘い。軒と軒を突き合わせ立ち並ぶ家々が、雪囲いによりなおさら身を寄せ合って雪に備えているように親しげに見える。

《淡雪》（P.61）

淡雪のつもるつもりや砂の上　久保田万太郎

いつもはすぐに融けてしまう淡雪が、どうやら積もるつもりだろうか、盛んに砂の上に降っている。やや積もってきている。

《春雪》（P.61）

春雪のしばらく降るや海の上　前田普羅

柔らかな春の雪。決して積もることのない波の上にしばらく降り続き、やがて降り止んだ。

《残雪》（P.61）

一枚の餅のごとくに雪残る　川端茅舎

暖かな日差しに雪はおおかた融けたが、ところどころに少しずつ残っている。黒い土の上にちょうど大きなお供え餅くらいのまん丸の真白な雪が残っている。汚れていない、ふっくらした美味しそうな雪。

《雪間》（P.62）

古庭の雪間をはしる鼬かな　正岡子規

古庭の雪が融け、ところどころに黒土が現れている。その土の上を縫うように素早く走るしなやかな影。鼬だ。

《雪解け》（P.63）

雪とけて村一ぱいの子どもかな　小林一茶

やっと春が来て雪が融けた。厳しい冬の間、家に閉じこもっていた子どもたちが元気よくあちこちで遊んでいる。その明るい笑い声が村中に響いている。

《名残の雪》（P.64）

踏きやす雪も名残や野辺の供　向井去来《むかいきょらい》

踏めば消えてしまうような降り納めの春の雪。雪に名残を惜しみつつ、野辺のお供として歩みゆくよ。

Part 3

気象がわかれば
俳句がメキメキうまくなる！

雪の秘密・気象の不思議

歳時記の冬の巻には、
季語「雪」や雪に関する季語が
実に40項目以上あり、それぞれに
さまざまな傍題があり、
気象用語と重なるものもたくさんあります。
雪の本質や発生の仕組みを知り、
より掘り下げた味わい深い雪の俳句に
挑戦してみましょう。

|解説|

気象庁気象研究所　研究官
荒木健太郎（あらき・けんたろう）

1984年生まれ。2008年、気象大学校卒業。地方気象台で予報・観測業務に従事したのち、現職に至る。専門は竜巻や局地豪雨・豪雪などの顕著な大気現象と、それらの原因となる雲の物理学。著書に『雲の中では何が起こっているのか』（ベレ出版）がある。

聞き手：ローゼン千津。愛媛県生まれ。夏井いつき率いる俳句集団「いつき組」俳人。アメリカ人チェリストの夫と山中湖村に住む。夏井いつきの実妹でスキーが趣味。

「雪」は天から送られた手紙

ローゼン（以下ロ） 今日は、ズバリ雪について教えていただこうと思ってやってまいりました。先生のご著書『雲の中では何が起こっているのか』を読んで、勉強してきました。全部は理解できませんでしたが、何とかついていきたいと思います。よろしくお願いします。

荒木（以下荒） その本にはけっこう難しめの話がいっぱい書いてあります。一般の方向けなんですけど、最近の研究の話も含めていますので、興味を持ってもらうぐらいの位置付けです。

ロ 本を読んですごく興味が湧きました。空気の塊のパーセルくんや、雪の結晶たちのイラストの可愛さと、イキイキした表情のおかげで、内容は難しくても読みやすかったです。なぜ雪の話で、雲の専門家のところへ伺ったかというと、雪は地表に降ってくるまでに雲の層をいくつも通過してくるから、雪の結晶を調べればそれぞれの雲について気象条件がわかる。だから荒木先生は、降ってきた雪の結晶のデータを集められ、雪を降らせる雲の性質を調べ、気象予報に役立てておられる。雲の専門家は、雪の専門家でもあるということですよね。

荒 「雪は天から送られた手紙である」という中谷宇吉郎《なかやうきちろう》博士の有名な言葉があります。

ロ 日本の雪研究の第一人者ですね。

荒 中谷博士は、低温実験室を作られて、1936年に世界で初めて人工的に雪を作ることに成功され、あらゆる形の氷晶を顕微鏡で撮って分類されました。中谷博士の研究を元に、現在もなお雪の研究が進められているんですね。氷晶の分類方法はさまざまな方法がありますが、その基礎となっているのが中谷博士が提唱した一般分類です（↓図1）。

ロ 私は季語の中で「雪」が一番好きなんです。2014に山梨に引っ越してあの豪雪を体験して以来（編集部注：2月に発生した記録的大雪）、雪そのものにも興味を持ちはじめました。スキーも大好きで。この歳時記を作るにあたり、雪の句を総ざらいしてみましたら、たとえば、雪と馬、雪と風、雪と人など、雪と何かを取り合わせた句は数あるのですが、雪そのものを詠んだ句が少ない。雪の結晶について詠まれた名句は見当たりません。雪がもたらす自然の造形美は素晴らしいのに、これを詠まないのはもったいない。季語「雪」の新しい面に光を当て、専門的な知識を増やして、雪の句の幅を広げようという狙いです。

荒 あの豪雪に遭われたんですか？

ロ はい。私は、標高1104mの籠坂峠の近くの山荘に住んでいて、あのとき、最大の積雪は、家の前で180cm近くあったと思います。175cmの主人の頭を越してました。道路閉鎖で3日間家に帰れず、犬を置き去りにして気が気じゃなかったんですが、

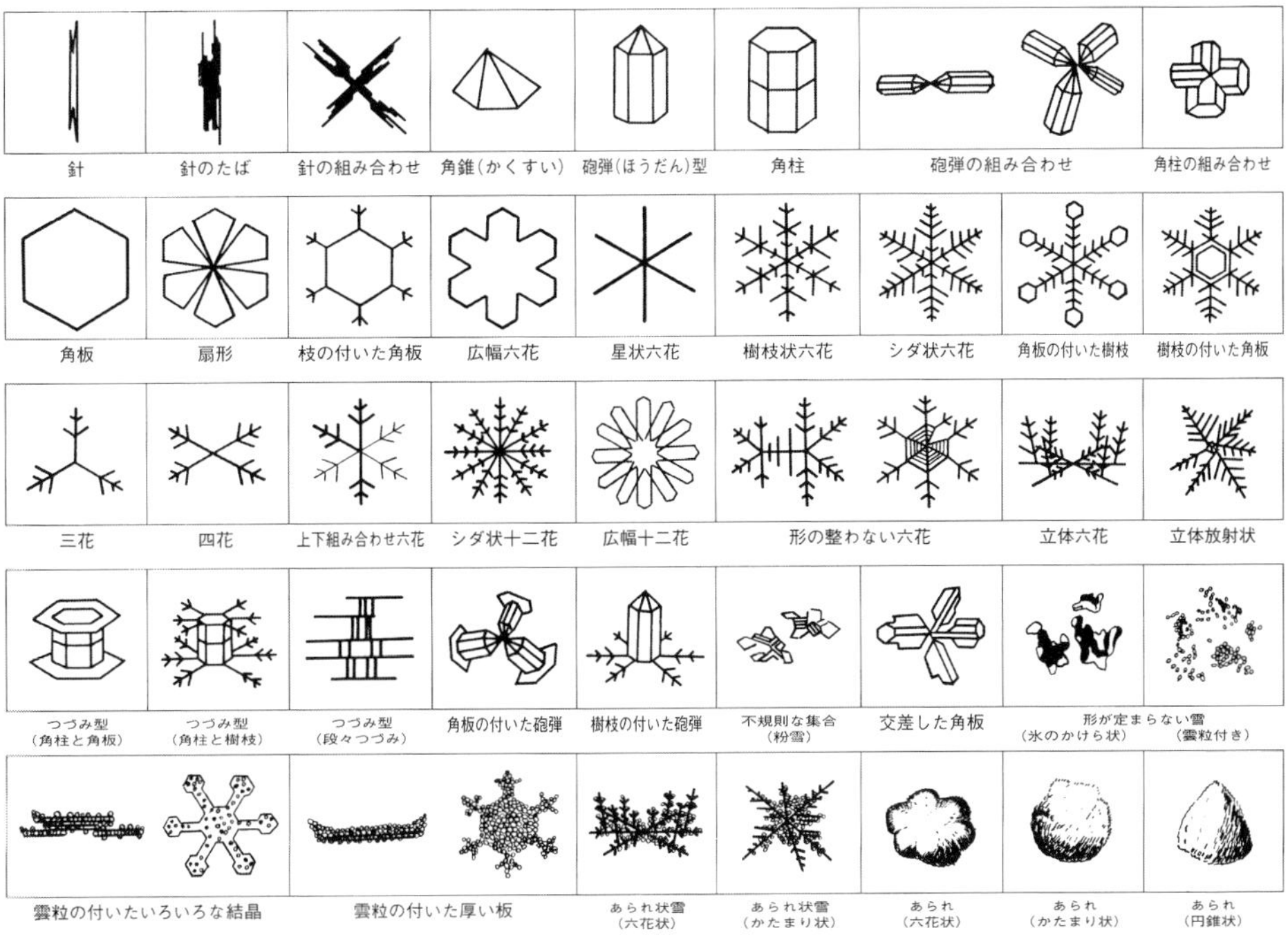

図1：中谷宇吉郎『Snow Crystals: Natural and Artificial』（ハーバード大学出版 /1954 年）による。
画像提供：中谷宇吉郎記念財団

地元の青年たちに助け出してもらいました。あの大雪は予測が難しかったのですか？

荒 ある程度予想はしていたんですけど、そこまで大雪になると正確には予測できていなかったです。だいたい低気圧が来ているときに雪を降らせるんですが、その仕組みがまだよくわかっていない状況で。あの大雪が契機になって、今さらに研究を進めています。最近いろいろ新しい観測技術が出てきたので、そういう観測結果とかを使って雲の仕組みとか、あとは地球規模でどうなっているかっていうところも含め研究を進めています。気象分野を私が今取りまとめていて、いろんな災害があるので、雪氷学《せっぴょうがく》（→P.81）や、雪工学《ゆきこうがく》をやっている人たちなど、今までそれぞれ独立してやってこられていたその連携を取りまとめて進めていくことで、成果が期待できると思います。

ロ 災害を防ぐため日夜研究をしておられる荒木先生に、のんびりと俳句の相談事を持ちかけるのは気が引けますが、私は、「俳句は地球環境を守る小さなツール」だと思ってます。日々季語に触れ、自然に親しむ俳句が、人と自然が共存する心を育み、百年後の地球は今よりほんの少し健康で平和になると信じていますので、広い意味での同志ということでよろしくお願いします。

「雪の結晶」を詠む

ロ　早速ですが、雪の結晶について教えてください。雪の結晶の形は六角形。それが六花とか、雪華とか、花びらにたとえられる季語となっている所以だと思いますが、結晶はやはり六角形が主流ですか？

荒　そうですね。よく見られるのが、シダ状になってるやつとか、樹枝状のやつとか……。こういう針っぽいやつ（↓図1）とか。

ロ　それらも結晶なんですね。

荒　やはり六角形が基本になっているんで、6の倍数で枝の数が増えるんですね。

ロ　十二角形も？

荒　はい。6か12か18か24ですね。雪結晶は水でできているのでH_2Oなんですね。H_2Oの分子構造を見ると、Oが真ん中にあって、Hが二つあって、１０４・45度の角をなすっていうのが決まっているんですけど、こいつらが安定して手をつなぐのに6人がちょうどいいんです。

ロ　だから6が基本で、その倍々に枝が増えていくと。

荒　これが横に伸びていくと板状の結晶になって、縦に伸びていくと角柱とか針とか、細長い形になる。気温とか水蒸気の状態によってどっち向きに伸びるかっていうのが変わってくるというところですね。結晶の名前も結構面白くて、かもめ状なんてのもあります。つづみ型とか、針のたばとか、砲弾型とか。

ロ　あ、本当にかもめの形（編集部注：分類方法によってかもめ状の結晶もある）。俳句に詠めそう！「かもめ状結晶の雪すいすいと」「ピストルの弾の形に雪結晶」「歌いつつ回る鼓や雪結晶」「雪結晶は線の輝き針の束」

荒　できそうですね。

ロ　できそうです。もっと知りたいです。結晶の形！　雪の結晶は全部で何種類ぐらいあるんですか？

荒　細かく分けると１２１種類ある、と言われています。

ロ　一個一個見て写生したら１２１句。「雪結晶を詠むプロジェクト」ができます。先生は、「#関東雪結晶プロジェクト」という試みで、スマホで雪の結晶を撮影する方法を広く呼びかけ、一般の方から結晶の写真をたくさん集められたそうですね？

荒　関東甲信地方を対象に、この冬で1万枚ぐらい雪結晶の写真が集まりました。

ロ　自分で結晶の写真を撮って俳句に詠む、というのは楽しそう。スマホで撮れますか？

荒　接写すれば撮れます。あと、１００円均一のお店などでも売っているマクロレンズというのをスマホのカメラ部分に付ければなお確実です。かなり細かいところまで撮れます。

ロ　私も大雪の間に、車のフロントガラスに付いていた雪の結晶を

写真1：ガラスに付いた雪の結晶 ©GYRO PHOTOGRAPHY/a.collectionRF/amanaimages

スマホで撮ったのですが、ぼやけてしまいました。

荒 接写の距離ですね。1㎝、2㎝くらいまで近づいてください。マクロレンズを付けていない状態だと、もう少し離れて撮るとちょうどいい感じです。雪結晶は、大体1㎜とか2㎜大ですから、マクロレンズで撮りやすいサイズです。あと、霜の結晶なら、市販のアイスでも見ることができます。アイスの袋を開けるとアイスバーのわきとかに、霜の結晶が付いているじゃないですか。あれを接写すると撮れます。夏でも手軽に撮れますよ。

ロ アイスバーで結晶を撮るって夏休みの宿題によさそう！ 親子で結晶を接写して、その過程を詠んでみるのも楽しそうです。自宅で氷晶を作る方法も、先生のご本に載ってました。私にもできますか？

荒 ドライアイスがあればできますよ。

ロ 写真を見て俳句を作るのも楽しいですが、自分で見て、触れて、五感を使って俳句を詠むことが基本なんです。雪を握り締めると、何とも言えない感情が体内に湧き起こるような気がして、「悲しみのごとし拳の中の雪」という句を作りました。悲しいときに胸の中に生じる冷たい塊のようなものを、雪にたとえてみたんです。こういう抒情的な雪の句はなんぼでもありますので、今後は叙景的な、雪そのものの姿の句を作ってみたいんです。美術の分野では雪結晶の意匠が着物や帯の柄などに、江戸時代から使われていました。スマホも顕微鏡もない時代にかなり精緻なデッサンです。これ、どうやったのでしょうか？

荒　ちょうどこの辺り（茨城県つくば市）なんですよ。昔この辺に古河藩というのがありまして、藩主の土井利位《どいとしつら》という方が雪の結晶の観測をしたそうなんですね。『雪華図説』というのを作っています。

ロ　この辺の藩主の方が！　やはりこの辺は気象観測に適した土地なんですね。顕微鏡的なものがあったのかもしれませんね。オランダから来たようなものが。

荒　顕微鏡の原型の虫眼鏡のようなものがあったんでしょうね。

ロ　雪結晶が見られる気温下で、当時この辺で、外で、じっと虫眼鏡で雪をのぞいていたら寒かったでしょうね、ダウンジャケットもなしに（笑）。

荒　雪の研究はフィールドワークですから、今も苦労は同じですね。

結晶が手をつなぐと雪片になる

ロ　結晶の形は大体わかりました。色はどうですか？　銀花なんて季語もあるんですが、銀色に見えますか？

荒　基本的に結晶は透明か、もしくは白のどちらかですね。多分背景の色とかも含めて、そういうふうに見えるっていうことでしょう。

ロ　積雪の底が青く見えるのも美しくて、俳句にしたくなります。

荒　いろんな光の波長が混じって白っぽく見えるんですが、そのうちの青い部分って、波長が短くて散乱されやすいんですね。比較的密度が高い雪がいっぱい降って、上から入って来た光が散乱しながら中を通って、底のほうになってくると、青い光だけ散乱されて青っぽく見えるんです。空が青く見えるのも同じ理由で、太陽の光の中の波長の短い青い光が散乱されているのを、昼間我々は見ているんですね。

ロ　「白鳥は哀しからずや空の青海の青にも染まずただよふ」という若山牧水の美しい短歌がありますが、あくまで科学的に言えば、この青は短い波長が見えている青だから、白鳥にこの青い色が染まるわけがないってことになります。牧水さんもそんなことは承知だったでしょうけど、今回のこのアプローチは、想像力や感性からでなく、科学的事実のほうから詠むという試みなので、あえて言ってみました。では、「雪の底には青空の青がある」なんて表現は、科学的には正解でしょうか？

荒　間違いではないですね。

ロ　結晶と結晶が幾つかくっついたものが雪片、雪のひとひらですよね。雪片までくると、いい句があります。「雪片のつれ立ちてくる深空かな　高野素十《たかのすじゅう》」。「雪片にふれ雪片のこはれけり」（→P.28）という、私の姉夏井いつきの句。この二句は、科学的には正しいのでしょうか？

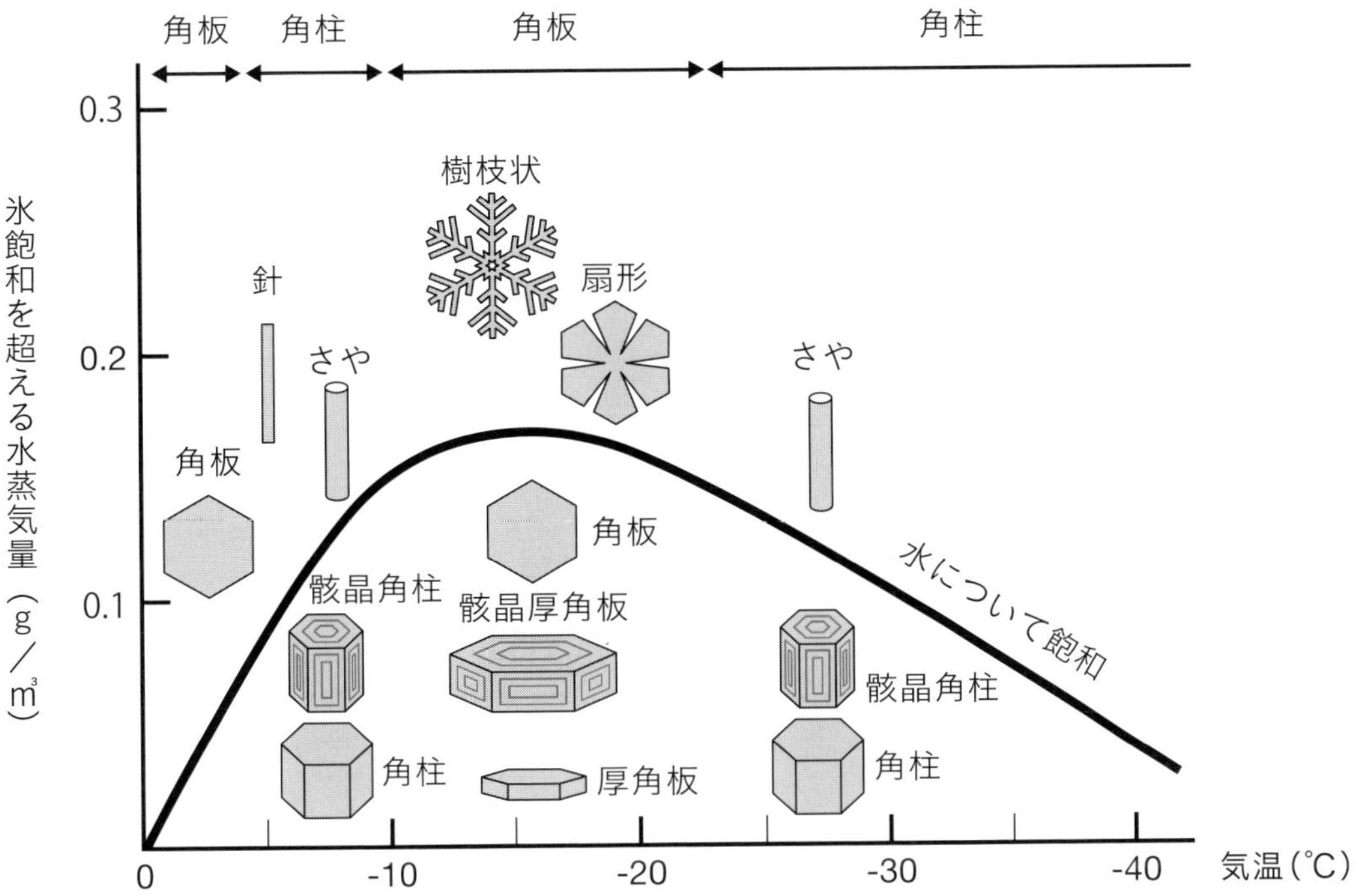

図2：氷晶の種類と気温、氷飽和を超える水蒸気量との関係（小林ダイヤグラム）。
『雲の中では何が起こっているのか』を参考に作図。

荒　その、雪片に雪片が触れて壊れるという句はまったく正しいです。雪片はマイナス15℃くらいで樹枝状等の雪結晶が絡まってできるか、もしくは過冷却雲粒（温度が0℃以下でも凍らない液体の粒）が存在する0℃付近でも見られますね。上空で壊れるっていうよりは地面に落っこちたときに、雪片というか雪の結晶が壊れて破片になることが多いです。

ロ　空中でもぶつかれば破片になる？

荒　はい。そのときの分類もあります。不定形の中に分類として結晶破片というものもあって。これは降ってくる最中にぶつかって割れて分裂したものが降ってくるっていうものです。

ロ　すごい、科学的な句だったんだ。

荒　科学的だと思います。雪片って、絡まりやすい結晶同士で構成されることが多くて、樹枝状の結晶みたいなもので作られることがほとんどですけど、樹枝状の結晶はマイナス10℃からマイナス20℃の間に成長するというのが、温度などの違いによる結晶のでき方のグラフです（↓図2）。とくにマイナス15℃ぐらいが多いと。小林ダイヤグラムと呼ばれ、氷晶の種類と気象条件（気温・氷飽和を超える水蒸気量）の関係を示しています。ツルツルのやつ同士だと雪片にはなれない。ただ、0℃付近、0℃からマイナス5℃ぐらいのけっこう暖かい所だと、過冷却の雲の粒が接着剤になって雪片になることがあるんです。そうすると樹枝状だけじゃなくて、角板とか六角形もできる。接着剤があればくっついて雪片になることができるっていうのがわかってきています。

口　素十の俳句は、雪片同士が空中でくっついて落ちてくる、という状況だと私は思うんですが、実際にある現象ですか？

荒　ありますね。

口　くっついて速くなって落ちる？

荒　いや、それは多分ない。逆に遅くなると思います。空気抵抗が大きくなるので。

口　じゃあ素十の句は、くっついてふわふわゆっくりと落ちる雪片が、仲よく手をつないで連れ立って来るように見えるという、実に科学的な句だった。

荒　そうですね。そういうのは落下速度は小さいです。水滴の場合は逆のことが起こるんですよね。雨とかをモチーフにしているキャラクターって、頭が尖っているじゃないですか。

口　しずくちゃん。

荒　あれは物理的にありえないんです。実際には水滴が大きくなると空気抵抗を受けて、お饅頭型になるので、とんがり頭のは物理的には存在しないんです。

口　しずくちゃん、あらため、おまんじゅうちゃん（笑）。

荒　これがどんどん大きくなると空気抵抗が強くなって、分裂するようになります。

口　先生のご本でお描きになった水滴キャラは、ほんと丸顔ですね。気象研究官に相談してから水滴キャラを考えるべきだったかも。

荒　とんがり頭も可愛いからいいんじゃないんですかね（笑）。

霰・雹・霙の違い

口　先生、ここまでいい感じで、雪の結晶、雪片と、俳人が知らなかった雪の秘密が続々と解明されてます。次は、雪の仲間たち、霰《あられ》や雹《ひょう》や霙《みぞれ》についても教えてください。

荒　雪片で詠まれた俳句はさきほど伺いましたが、霰の句なんてあるんですか？

口　霰や霙は江戸時代から名句があるんです。「二三合蜆《しじみ》にまじる丸雪《あられ》かな」は桜井梅室《ばいしつ》、「淋しさの底ぬけてふるみぞれかな」は内藤丈草の句です。真っ黒い蜆の笊の中に白い霰が降り込んで見えているのは瑞々しい写生だと思いますが、何度も申しますように、霰自体の状態のスケッチではない。霙の句も情景の句で、丈草の心を通して見た景色を表現しています。一つここらでズバリ霰、ズバリ霙の詠める情報求ム、なんですよ、先生。

荒　霰を降らせる雲は元気な雲ですね。

口　元気って、若い雲ということですか？

荒　若いというか、積乱雲のように上昇流の強い雲です。日本海側の雪は霰が多いんです。積乱雲の中って過冷却の雲がたくさんあるんですね。過冷却の雲っていうのは上昇流が強くて元気なんです。上から降ってきた氷の結晶、雪の結晶が、くっついた瞬間

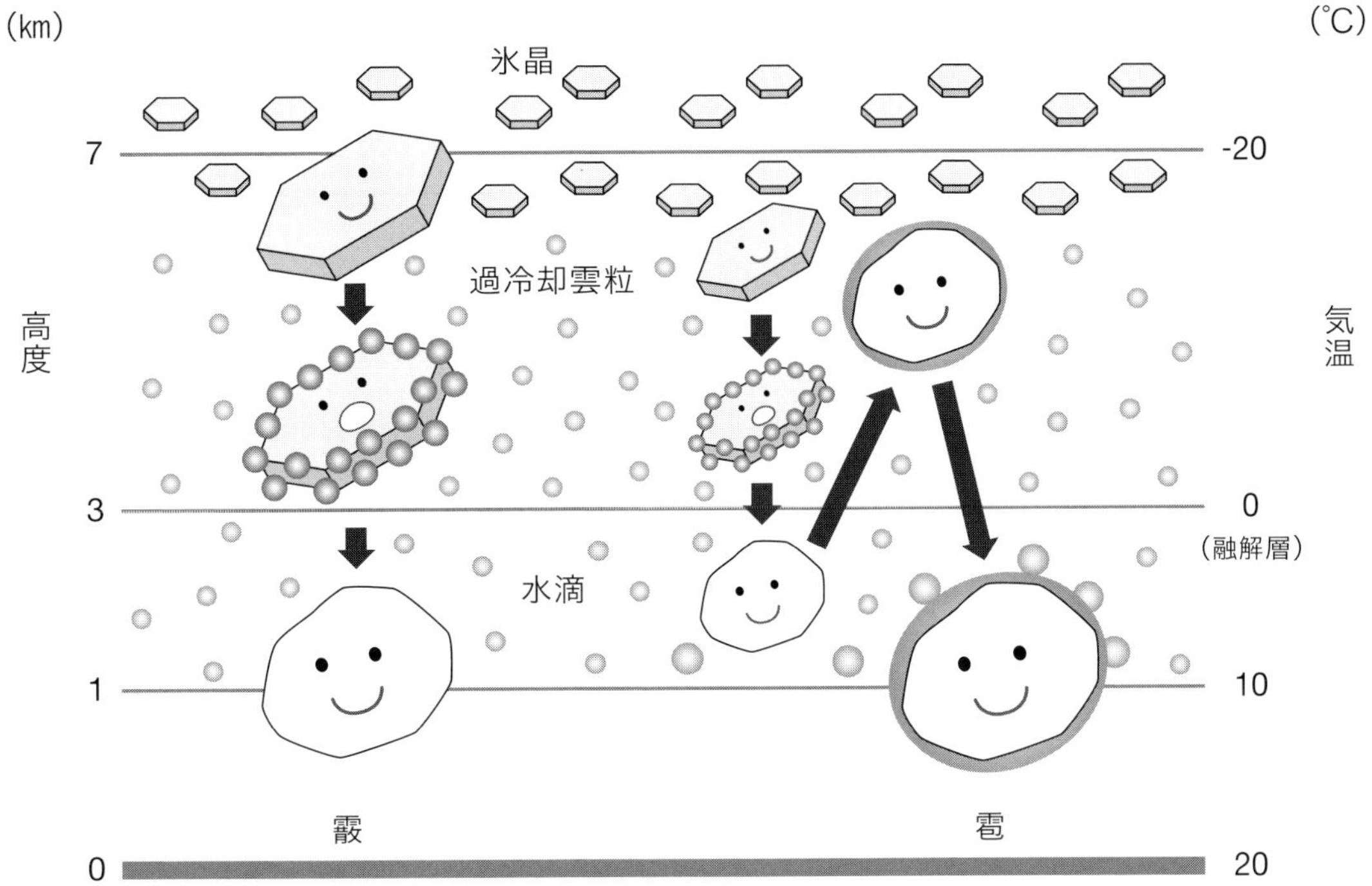

図3：霰と雹の成長プロセス

に凍結して霰になるんです。水って0℃で凍るイメージがあるじゃないですか。でも雲の中だとマイナス20℃ぐらいでも凍らないんですよ。

ロ　雲の中だと、冷凍室くらいキュンキュンに冷えてても凍らない。

荒　ここはちょっと難しいところなんですけど、製氷皿の氷は容器の縁のところから凍っていくんですね。あれは物体に接しているから、そこが氷の核になって凍りやすい。だから0℃付近で凍るんですけど、雲の中の粒たちって孤独なんです。誰にも接していないんで、なかなか凍れないんですよ。そういうやつらって凍りたくても凍れない状態なので、何か固体に触れられれば、そこから凍っちゃうんですよ。

ロ　雲の中の粒たちは孤独、なんて詩的な響きでしょう。

荒　固体の雪の結晶が降ってきて、そこにくっつくとそれが粒々になってすぐくっついた瞬間に凍結するんですね。回転しながらこうくっつくと、こういう感じの霰になる（→図3）。

ロ　孤独な雲の粒たちは霰になるのを待っている。すばらしい。じゃ霙はどうですか？

荒　霙は雨と雪が混ざって同時に降って、霙《みぞ》れている状態のことです。いただいたご質問の中に、霰も初雪にカウントされますか？とありました。実は、霙は初雪とカウントされます。

ロ　えっ！　それは意外です。霰のほうが雪っぽくて、霙のほうが雨っぽいのに？　初雪を一緒に見る恋人たちは、霙だとグシャグシャに濡れちゃいますけど？

荒　霙はカウントするんですけど、夏にも雹みたいなやつが降っちゃったりするんで、霰は初雪には取らないんです。８月から翌７月までに初めて降る雪を初雪と言いますので。ちょっと面倒くさいのが、霰と雹は初雪にはならないけど、積雪はカウントされるんです。

ロ　夏に初雪が降ったってことになってしまうから霰は取らない、でも積雪にはなる。これは誰も知らないですね。ついでに雹の話も聞いちゃいましょう。雹は夏の季語です。

荒　霰が降って、表面が溶けた状態で、積乱雲の上昇流でまた持ち上げられるんですね。

ロ　元気な雲が霰を持ち上げる。

荒　そうすると、融けて水膜ができた表面が上空に持ち上げられて凍って、また霰と同じような成長の仕方で、また落下。その上下運動をくり返して大きくなったのが雹ですね。（→図３）

ロ　くり返しで大きくなる。わかりやすいですね。

荒　表面が融解して、水になった状態で持ち上げられる、上下運動をくり返すと、こういう層構造ができる。雹の断面を切ると、何回上下運動をしたか、履歴が見られます。

ロ　化石みたいに雹も調べられる。

荒　この白っぽい部分が霰の成長でできた部分で、雲の粒が氷になったやつです。隙間があるんで白っぽく見える。透明の部分は、霰の表面が融けて凍結したので隙間がない。

ロ　スッキリしてますね。自然には嘘がない。見たままのことが実際に起こったことである。

荒　この０℃の氷を境に上下運動するっていうのが、雹になる重要な条件。冬は温度がすごく低いんで、なかなか０℃を境に上下運動できないんです。

ロ　だから雹は夏なんだ。

荒　そうです。夏場だと高度５㎞くらいが０℃の線で、積乱雲の背の高さは15㎞くらいになったりするんですけど、ちょうどその０℃の高度でも上昇流が強いので、そこを境に霰が上下運動して、雹ができるっていうことがあります。

ロ　私はニューヨークの五番街のティファニー宝石店の近くで、大きな雹が降ってきたのに遭遇しましてね。これがダイヤだったらすごいと思いました。そこら中にごろごろ落ちて（笑）。日本でも大きな雹は降りますか？

荒　グレープフルーツ大ぐらい。

ロ　ええっ！　そんな大きいのが！　当たったら危険ですよね。

荒　怪我人が出ます。死ぬかもしれません。

ロ　雹の予報も大変重要ですね。雹は雪国とか関係なく、どこでも降りますか？

荒　雹はどこでもありますね。雷注意報の中で、雹とか突風とか竜巻も出しているんです。これがこの間の都心で雹が降った映像です（編集部注：動画を見せる）。

ロ　大きいですね！　バンバンいってる。

荒　このときの雲は、竜巻をもたらす雲と同じような構造をしていました。ふつうの積乱雲じゃなくて、マルチセル、スーパーセルと呼ばれる巨大な積乱雲が、雹とか竜巻の原因になるといわれています。これもそうだったんですね。雹ほど大きくはならないんですけど、冬でも同じようなメカニズムで、上下運動をして大きくなることは十分あります。気象学的には直径が5㎜未満のものを霰と呼んでいて、5㎜以上のものを雹と分類しています。単純に大きさの違い。ただ、雲物理的には冬場でも活発な積乱雲があったりすると、その中で上下運動して5㎜以上になる、基本的には霰の成長メカニズムなんだけれども、雹に分類されるものが降ったりすることはあります。

ロ　竜巻も、雹や台風ほど日本で見られるようになったら、季語になるかもしれません。防災の研究を重ねておられる先生を知り、竜巻が季語にならないことを今は祈ります。ところで今拝見した雹ムービーの中でも音が聞こえていました。雹や霰は音が出ますが、雪が降る音というのは本来はないですよね？　しんしんと降る雪とか言いますが。

荒　雹や霰という個体で落下速度が大きいやつだと、地面に当たったときには、バラバラと降る音はすると思います。雪片の場合、音はないと思います。

ロ　しんしんと、は見た目ですね、音じゃなくて。「雪の声」という季語もありますが。

荒　樹木や屋根などに積もった雪が落ちるときの音とか、降って来る様子じゃないでしょうか。雪片の場合、降る音や地面に落ちる音は多分出ないと思います。

ロ　詩人の想像ですね。雪が降る空を見ていると、ぺちゃくちゃ賑やかに雪片が落ちてくるように見えることがあります。「雪だるま星のおしゃべりぺちゃくちゃと」という松本たかしさんの句を思い出しました。

雪しまきと吹雪の違い

ロ　私は山梨に住んでからは、天気予報にやや敏感になりました。「雪掻きはこまめに」なんて予報を見たら、即、雪掻きをやってます（笑）。吹雪の夜に自分の軽自動車を運転して山で道に迷うという目にも何度か遭ってるんですが、そのとき、車の周りをぐるぐる回る吹雪を見て、「これが雪しまきか？」と、怖いながらも興奮して、必死に俳句を作りました。吹雪と雪しまきは、どう違うのですか？

荒　ほとんど同じみたいですね。降ってくる雪とか、積もった雪が、風で舞い上げられて視界が悪くなった状態を吹雪と言いますが、雪しまきもほとんど同じ現象だということです。しまきって、風が巻くと書きますよね。その風は水平方向じゃなくて、下から

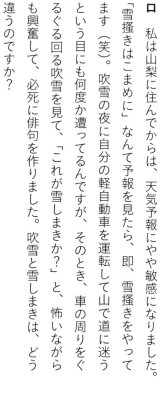

上に雪を巻き上げるイメージが強いんですけど、そういう状態ではなかったですか？

ロ　まるで吹雪に命があるように、大蛇のようにとぐろを巻いて、そういえばときどき頭をもたげるように、上下にも巻き上がってました！

荒　風が巻いている場合の渦の軸って、縦方向に伸びていると思うんです。実際に吹雪になるときっていうのは水平方向に軸があって、縦方向の巻き上げられ方をしているんですね。

ロ　おっしゃる通りだと思います。もっと落ち着いて観察できれば、そういう巻き方が見えたんじゃないかと思います。あのときはもう辞世の句かもと思ってましたから（笑）。「雪しまき同じ過ちくり返し」。雪しまきというのは、天気予報の用語ではないんですか？

荒　ちゃんとした用語ではないんです。

ロ　吹雪といえば、いつも不思議に思ってたことがあるんです。うちの夫などは吹雪の日は喜び勇んで山の上までスキーに出かけますが、私のような初級者は下のゲレンデで留守番です。すると夫が必ず、大丈夫、明日は深雪晴れだから、明日は楽しいぞって慰めてくれるんです。でもなぜ吹雪の翌日はいつも青空なんでしょうか？

荒　それは日本海側では多分まずないですね。

ロ　えーっ！　深雪晴れは地域限定だった？

荒　雪を降らせる雲の種類が幾つかあるうちの、代表的なのが乱層雲と積乱雲で、場所によって違います。太平洋側だと低気圧の通過に伴って雪が降るので、乱層雲がほとんどです。冬場の日本海側の雪はほとんど積乱雲で、冬型の気圧配置でずっと雪が降り続くという状態で、時雨《しぐ》れるんですね。その時に代表的な雲のパターンがこういう筋状の雲なんです（編集部注：写真を見せる）。

ロ　見たことあります。風が強いから筋雲になる。これが見えると大雪になる。

荒　日本海側で、ですね。その筋状の雲が、位置が少しずれるだけで晴れたり雪が降ったりっていうふうになるんです。太平洋側に関しては、九割がた、低気圧の通過に伴って雪が降るっていうふうなんで、翌日低気圧が通過後雲がなくなって晴れるということが多い。それが「深雪晴れ」と言われる所以だと思います。この言葉を作ったのは、たぶん太平洋側の人じゃないですかね。

ロ　深雪晴れは、全国規模の現象じゃなかった。日本列島はやっぱり興味深いですね。

荒　結構特殊なんですよ、日本は。地理的に見ても。世界的に見ても、北陸みたいにドカ雪が降るって地域は珍しいといいますか、日本海が熱を供給してたくさん降るんですね。

ロ　熱を供給して雪が降る？

荒　日本海の海面水温は、冬でも数℃から十数℃と温かいんですね。日本海に流れ出た「シベリア気団」という日本の西の大陸上から来る、寒冷で乾燥した空気の塊との温度差が大きいため、海面から熱の供給を受けて多量の水蒸気を出す。

写真２：雪まくり ©TAKASHI KATAHIRA/SEBUN PHOTO/amanaimages

ロ　わかりました！　日本海から蒸発した水分が日本海の雪になる！

荒　そうですね。

ロ　お天気用語はチンプンカンプンだったのが、何となく親しみが湧いてきました。

雪の造形美

ロ　冠雪や着雪の現象は、自然の中ではもちろんですが、雪の造形美は市街地でも見飽きません。とくに、京都などに行くと、お寺の塔や庭や樹木などを覆った、見事な雪の造形美が見られます。珍しいものについていくつかお聞きしてみたいと思います。そもそも季語と気象用語って、重なるものが多いと思うんですが、たとえば「雪まくり」なんてのは、気象用語ですか？

荒　雪まくりは、気象というか、むしろ雪氷学の分野です。冠雪、雪紐、雪輪（六角形の雪の結晶を円形に表した文様）は、みな雪氷学の用語になりますね。気象学では雪が降るところを扱っています。雪氷学のほうでは、どちらかと言うと降ったあとの話が多いです。

ロ　そうなんですか。降雪は気象学で、積雪は雪氷学。

荒　はい。私は両方やっていて、二つの学問をつなげようとしているっていう感じですね。

ロ　やっぱり先生のところに来てよかったです（笑）。雪まくりって、私はまだ一度も見たことがないんです。こんなさっぽろ雪まつりのオブジェみたいなものが自然に生まれるって謎ですね？

荒　地面に積もった雪が、風によって、絨毯を巻いたような形に、シート状に捲り上げられてるんですね。

ロ　写真を見るとタイヤのような形です（→写真2）。雪まくりは斜面を転がり落ちてできる、と書かれている歳時記がありますが、雪まくり自身は転がらない。風によって転がるんですね。続いての季語は、姉の夏井いつきがどういうわけか好きで、ぜひ聞いて来い、と指令を受けました「根開《ねあ》き」についてです。これは太陽が木を温め、木の根元の雪が丸く溶け、擂鉢状に地面が見えてくるという理解で合ってますか？

荒　木だけじゃなくて何でも、太陽の光をどれだけ吸収、反射するかによって違うんです。南極とか北極とか氷が減っているという話があるじゃないですか。あれは、煤とか微生物みたいなものがいっぱい来て、積雪面に付着して、黒っぽくなって、雪の表面が光を吸収しやすくなっているんですね。夏に黒い服は暑いじゃないですか。逆に白い服は光を反射するんでそこまで熱くならない。色の違いで光の吸収のされ方が違う。黒っぽい部分は早く熱を蓄え雪を融かすって説ですね。

ロ　色なんですか！　木が黒っぽいから暖まりやすい。

荒　地面とかもですね。白い雪より、黒っぽい土や、黒っぽい木のほうが光を受けて熱が溜まりやすいんで、ここから丸く融けていくっていうことです。

ロ　そうですか！　こういう細かい知識を持って「根開き」という季語を詠むと、ぱっと景色を見ただけではわからなかった、写生の可能性が開けてきます。「陽を溜めし土くろぐろと根開かな」とかね。雪紐というのもひじょうに面白い形ですが。

荒　雪紐は、積雪している雪の粘性でこう紐状に垂れ下がっているんですね。粘り気がある雪という感じです。

ロ　降雪によって、粘り気が違うものなんですか？

荒　実は、積雪している状態で変質していくんです。雪の結晶の形も変わっていきます。ざらめ雪とかしまり雪とか、積雪した粒子が、たとえば融けて、また固まって、結晶の形が変わってくる。降る雪の結晶は１２１種類に分類できるとされていますが、積雪している結晶はまた別。降った直後は降雪結晶の状態が残っていたりしますが、だんだん表面が融けて、また固まったりすると、ざらめ状の雪になったり、新雪の中間みたいなのがこの小しまり雪とかしまり雪みたいなやつだったり、低温状態で持続すると、霜みたいなのが成長して、霜ざらめ雪とか、小霜ざらめ雪になったり。

ロ　着雪してから変化していく過程の雪の状態で細かく分類されて名前がつけられているんですか。聞いただけでその状態がわかり、響きも面白いです。季語にもそんな名前がたくさん見られます。しまり雪、ざらめ雪、堅雪《かたゆき》、衾雪、筒雪、雪庇、斑雪《まだらゆき》、小米《こごめ》雪《ゆき》、餅雪、湿雪、べと雪、水雪、灰雪《はいゆき》なんていうのがあります。これらを一つ一つ調べて、写真を見て、ていねいに俳句にしていけば、バラエティに富んだ句が並びますよね。発展の余地のまだまだある分野です。この『「雪」の歳時記』にも、こうした雪の傍題の季語を一般公募して、みなさんに投句していただき、選ばれた優秀な句が数々登場しています。ここからまず興味を持ってもらって、雪の傍題を次々俳句にしていくプロジェクトも進んでいけばいいなあと考えています。

霧氷と樹氷の違い

ロ　さて、雪の造形美の王様と言えば樹氷《じゅひょう》ではないかと思うんですが、ここで霧氷《むひょう》と樹氷の違いを教えてください。

荒　霧氷の中の一部が、樹氷になります。

ロ　霧氷の中で、木に付くのが樹氷ということですか？

荒　ええまあ、木がそうなんですが、3種類ありまして。霧氷の中に「樹氷」と「粗氷《そひょう》」と「樹霜《じゅそう》」があります。霧氷には2通りのできかたの仕組みがあって、一つは霜と同じように水蒸気から氷になってできる。もう一つは、さっきから何回か出てきている過冷却の雲と同じで、雨だけど0℃より低い温度で降ってくる着氷性の雨や霧っていうのがあるんですね。それらが降ってきて、木とかにくっついた瞬間に凍結する。木にくっついたもののうち、白っぽくて脆いやつが樹氷、半透明のものが粗氷といわれています。

ロ　蔵王のモンスターという有名な樹氷は、白くモコモコと、雪の怪物の手足みたいな形に盛り上がっています。また別のは針を吹き付けた、樹の花みたいな形状もあります。同じ樹氷なのに、あそこまで違う形になるのがとても不思議なんです。

荒　針のようなやつはほとんど樹霜だと思いますね。これは霜の成長と同じで、大気中の水蒸気が氷にどんどん変化していくので、雪の結晶も同じですけど、気温とか水蒸気の量によって、形が枝分かれしたり、そのまま霜の結晶みたいに伸びたり、いろいろな造形が生まれます。蔵王のものは、水蒸気から氷になるのではなく、何かが降ってきて、その上に着雪や着氷をくり返してその重さで変化して成長していったものと思われますね。

ロ　いろんな自然条件によって形が変化していくんですね。早口言葉みたいです。樹氷、粗氷、樹霜、樹氷、粗氷、樹霜。

荒　俳句に使えそうですか？

ロ　使えます。面白いです。「蔵王西風吹けば樹霜の育ちけり」今年の冬スキーに行ったら、いろんな樹氷を写真に撮って、一つずつ俳句にする楽しみができました。

川はなぜ凍らないか

ロ　またまた山中湖の話なんですが、冬は湖の凍る部分もありまして、北東部の鯨の形の尻尾の部分とかが、人が歩けるほど凍ってます。氷上に穴を開けて公魚釣りとか解禁になると、早朝に湖の上を歩いている漁師さんを見かけます。あれほど広い湖が凍るのに、一筋の川が凍らないで流れているのはなぜですか？　水が動いてるからですか？

荒　表面が冷たくても地面の中は温かいということが結構多くて、地面の中ってある程度熱を蓄えていて、大気はすぐ冷えても土はなかなか冷えないっていうことがありますので、0℃より温度が下がらなくて川が凍らないっていうことは十分あると思います。

ロ　雪の原になっていても、雪の下の地中に熱を蓄えているということですね。

荒　土と水と大気だと、大気はすぐ冷えるじゃないですか。土とか水とかは表面から熱が伝わりにくくて冷えにくいっていう、熱容量の違いはあると思います。

ロ　湖は川より広いから、周りの土地の熱が温めるより、湖面に接している大気のほうが早く水を冷やして凍りやすいと。

荒　そこからどんどん熱が伝わっていって、凍れる温度になりやすいですね。冬場は日本海でも海面水温が15℃もあるんですよ。なかなか凍れないじゃないですか。でも大気がすごく冷えている、もっと北のほうの北海道の、もっと北のオホーツク海とかだと、流氷みたいなのができるじゃないですか。あれは本当に大気が冷たくて、海をどんどん冷やしていくっていう効果があるから、そういう氷が成長できるんですね。

ロ　「長々と川一筋や雪の原」という凡兆の句の川が凍らず流れているのが見えてきます。地球の中心は常に熱いということを、雪が降っていると忘れてしまいますが、そういう地球感覚で景色を見ることも大事ですね。さて、雪を降らす雷についても教えてください。雪が降る前に鳴る雷は、夏の雷とはまた違うんですか？

荒　違います。両方とも積乱雲が関係して雷が起こるんですけど、夏は冬よりもやっぱり雲の背が低いですね。冬の積乱雲はだいたい雲のトップが5kmとか6kmとか結構低い。夏はその3倍ぐらいの高さになる。そうするとコンデンサーと同じで、熱を蓄えられる電気の強さが限られて、高さが短いほうが電気の量が増えるということで、エネルギーの量が、夏場より冬のほうが100倍ぐらい多いっていうようなことは言われています。

ロ　冬の雲、低いですもんね。

荒　冬は一発雷が多くて、一回放出したあと、しばらく起きないんですけど、夏の場合はもう何回も何回も。夏の雷は、最初の雲からステップトリーダーと呼ばれる枝分かれしたやつがだんだん地上に伸びていって、下と上とがつながって一気に電気を放出するっていう感じですね。最初上から伸びてくるんですが、帰還雷撃というのが一番強いやつなんです。落雷って言うじゃないですか。でも本当は下から行っているんですよ。昇っているんです。実際には上から手が伸びてきて、経路を探して、繋がった瞬間に下からどんと行くんです。

ロ　見えます、その手！「一発雷《いっぱつかみなり》」「雷昇《かみなりのぼ》る」「雷の手」で、一句ずつできます。

荒　上から来るっていうのは夏の話で、冬の場合は逆に下から上向きに放電が始まるっていうのが違うところですね。

雪崩は春の季語

ロ　「雪えくぼ」っていう可愛らしい季語があります。積もった雪が太陽熱で融けて、くぼんだ部分がえくぼみたいに見えるから、と歳時記にありますが、なんでこの点々の部分だけ融けて、ほかは融けないのか、なんでここだけへこむのかが謎です。

荒　雪が降りやんだあと、急な温度上昇で強い日射を受けたりすると融雪が起きて、雪面に点々と無数のくぼみが現れる、その模様から雪えくぼと呼ばれるようです。この雪えくぼの下の部分は水道《みずみち》という融雪水の通り道になっていて、底のほうへ急速に流れて、この部分だけがざらめ雪に変化していって、積雪全体としては雪質が不均一となり、それらが全層雪崩発生の誘因になりうるとも考えられています。

ロ　水の通り道の部分がへこむんですか。こんな可愛いえくぼを見せて、実は雪崩の原因にもなるとは怖いものです。雪崩は春の季語ですが、融雪の話の流れでお聞きしたいと思います。「青天や夜に入りつつも雪なだれ　原石鼎」など、雪崩の句にも美しいものがあり、私も詠んでみたいと思いますが、災害で亡くなった話を聞くとためらわれます。しかし、東日本大震災のあと、たくさんの方が俳句を詠んで悲しみから立ち直ったということも聞きます。だからやはり「雪崩」という季語も大切に詠んでいきたいのです。

荒　雪崩と関連付けられるのは、確かに融雪とかですね。融ける水とか、雪解けみたいな、そういうのとたぶん関連付けられるかなと思います。雪崩には、表層雪崩と全層雪崩の2種類あるんですね。春先とかに多いのは全層雪崩。気温が上昇して層全体が融け、そこでいっぱい水が流れていって全体が落ちるのが全層雪崩です。ただ、表層雪崩は冬真っ只中でも十分起こりうる現象で、今年3月の末に那須で雪崩がありまして、あれは低気圧が原因だったんです。ほとんど10時間ぐらいで30㎝ぐらい、短時間で大量に雪崩やすい雪が降ったりすると、表面で流れるので、表層雪崩が起きやすいっていうことが言われています。２０１４年の2月の大雪のときも、あちこちで表層雪崩がいっぱい起きていたんです。

ロ　私たちも春スキーは十分に気をつけます。

あなたも雪女になれる!?

ロ　さてこの辺で、思い切って、これを聞いてみたいと思います。雪女は気象現象ですか？

荒　雪女は、ないんじゃないかと思いますけど（笑）。

ロ　でもですね。歳時記の天文という気象の部に、ちゃんと「雪女」と、載ってるんです。単なる雪国の幻想譚なら、人事とか生活というカテゴリーだと思いますので、やはり実際に木こりが山で雪女的な現象を見て語り伝えたのではないかと。そういう人の姿をした雲とか、人の顔をした樹氷とか、何か科学的な説明のつく理由は思い当たりませんか？

荒　顔はできないですけど、人の影みたいなのは多分できると思うんですよね、それが。

ロ　待ってました！　人影で十分ですよ。

荒　これですね。

ロ　えっ！　雪女、撮影されてるんですか？

荒　冬場のスキー場で撮りました。リフトのところで。

ロ　もうまさに、こんなの見たら、雪女って思いますね。確かに女性に見えますね。

荒　ブロッケン現象って呼ばれるもので、後ろに太陽があって、雲があったりすると、こういう光輪って言うんですけど、こういうブロッケン現象が起きる。人の影があって、そこを中心にして虹色が広がっていくっていう現象ですね。

ロ　虹色になるんですか？　女神様みたい。

荒　実はこれ自分で作れるんですよ。このブロッケン現象。

ロ　わあっ！　雪女作れるんですか？

荒　霧が出ているようなときに作れるんですけど。これが私の作ったやつです。霧が出ているときに、車のライトをハイビームにして、車の前方へ歩いていくと、ブロッケンができます。あと、白い虹ができるんですよ。虹って七色ですけど、水滴が光を分光しているから七色になるのであって、もっとちっちゃい粒でやると、さまざまな色が重なって、白い虹になる。

ロ　これ、この雪女みたいなのが、先生なんですか？

荒　私です。

ロ　うわあ。全然わからない。雪の中で偶然このような条件が揃って、白い虹に包まれた人影を見たら、もう絶対、雪女って思っちゃいますよ。

荒　車を停めて、ハイビームで、前を歩くだけです、霧の中で。

ロ　だれが撮っていらっしゃるんですか？　お母さん？

荒　いや、自分でこう。背後に車の光源があって。何十mか進んでいくと反対側にこういうのが見えます。

ロ うちの山小屋の周り、いつも霧だらけなんですけど。

荒 じゃあこれできますよ。

ロ 雪女になってみようプロジェクト。懐中電灯でもできますか？

荒 懐中電灯だと光が足りなくて見えないです。車のライトがいいですね。やっぱり見ている面に対して広いので、広角レンズとかを付けると撮りやすいと思います。私のこれは、デジカメで撮ったんですけど、これがギリギリでした。スマホでパノラマ撮影したもので全体が撮れると思います。

ロ 気象学でも結構いろいろ遊べますね。

荒 あと、飛行機に乗るとき、太陽と反対側の座席の窓側に座れば、飛行機の窓から、後ろ側に太陽があって、雲が下に広がっているようなときは、飛行機の影を中心にこういうブロッケン現象が雲に映って見られることがあります。飛行機か、山の上で見やすいですね。

ロ やはりそういう現象を、山の上で、偶然見た木こりか猟師が、わしは雪女に会ったんじゃ、だれにも言うなって言いふらし、子どもにも夜語って聞かせ言い伝えになった。で、雪女は歳時記の気象のところに入れとこう、まあ大気現象みたいなもんだから、ということになったというのが私の推理です。雪女が実は自分の影の投影だったなんて、また一句詠めます。「我が影の独り歩くや雪女」これはドッペルゲンガーじゃなくて（笑）、ブロッケン現象でした。

人とともにある気象学

ロ ところで、天気予報の用語ではない季語もあるのでしょうか。

荒 でもそういう言葉って、やはり経験的に、現実を見て作られたものが多いですよね。

ロ そうですね。実際に畑や海で必要な言葉とかですよね。富士山に「農鳥《のうとり》」が見えたら田植えをするとか、「鰯雲《いわしぐも》」が出たら大漁になるとか。

荒 鰯雲は低気圧の前に現れやすいので、雲が厚くなってくると半日くらいで雨が降ると言われています。鰯雲は秋以外にも見られるんですが、秋の移動性高気圧の後ろ側によく見られますね。

ロ だから秋の季語なんですね。納得です。雲と言えば、山中湖村でそれこそ何度見ても見飽きない冬の季語が、「富士の笠雲」（→写真3）です。富士山が笠をかぶってるから明日は雨、などと言われます。冬だと雪になります。あの笠雲はどのようにしてできるのですか？

荒 富士山の場合は、日本海に低気圧があるときに発生しやすいということがわかっているんですね。寒冷前線が通過する前とかによく現れますので、雨が降りやすいとか、突風が吹きやすいっていうのは確かだと思います。

写真３：富士の笠雲 ©ION/a.collectionRF/amanaimages

ロ　空気の塊のパーセルくんが、山の斜面に沿った気流に乗って富士山を登って雲になる、というイメージですか？

荒　確かに孤立した富士山のような山で、様々な条件が整えば、湿ったパーセルくんが、山でできた波の上昇流に乗って山頂へ行き、水蒸気が凝結して笠雲となるといえますね。

ロ　ほかの山でも笠雲はありますか？

荒　あります。相当いろんな種類の笠があります。かなり古い論文なんですけど、河口湖の測候所に人がいたときに目視観測されて、どういうタイプの雲があるか分類したもので、笠雲は山頂にできるやつなんですけど、それ以外にもつるし雲っていうのがあって、これも山でできた波のちょうど上昇流のあるところでできるやつです。山から離れたところでできるんですね。ＵＦＯみたいに見えるって言われてまして、地震雲じゃないか、みたいにも言われることがありますね。

ロ　富士山にＵＦＯ雲出たら、非常持出し袋を置いて寝ます（笑）。

荒　大体こういうのって日本海低気圧があるときに出るんです。天気予報で明日は低気圧が日本海を通りますと言ったら、これはチャンスだなと思って撮りに行けるわけです。

ロ　山や雲の写真ファンにはたまりませんね。「低気圧富士の笠雲撮りに行く」

荒　観天望気《かんてんぼうき》っていう言葉は使われたりしますか？

ロ　どんな字ですか？

荒　観測の観、天気の天、気を望む、です。この間（２０１７年

7月）、積乱雲の講座をやったんですけど、空とか雲とかの変化を見て天気を予測する、っていうようなやり方で。さっきお話しした笠雲もまさに観天望気の一つなんですね。とくにこういうのはやっぱり命に関わって、漁師の人たちが漁業の現場で始められたもので。

ロ　雲を見て、風を見て、危険を避ける。

荒　そうですね。積乱雲関係だと、こういう乳房雲って呼ばれるものとか、ロール状の雲とか、頭巾雲とか呼ばれる、そういうのが観天望気として使われるやつです。

ロ　この雲が出たら危ないんですね。

荒　雷ですからね。危なくないのは「暈《かさ》」です。太陽や月の周りに光の輪がかかると雨が降る、暈がかかると天気が悪くなる、という観天望気があります。巻層雲という薄い上空の雲が出ているときに暈が起こる。だいたい真上に手を伸ばして、手のひら1個分。親指に太陽を合わせるとだいたい1個分の位置に光の輪っかができる。これが出ていると、低気圧が近づいてきていることがあります。温帯低気圧が接近してくる前のほうでこういう巻層雲が出ることがわかっています。これが近づいてくる前方に、ああいう暈が起こるような雲ができやすい。天気図を見て低気圧が来そうであれば、暈が見られる可能性が高い。

ロ　ちょうどその「暈」の話を、最近うちの姉と話しました。「いまありし日を風花の中に探す」という橋本多佳子の俳句について、風花は青空に雪がちらつく感じですから、今見た太陽を風花の中に見失うのは不自然という話になって、姉が、雲じゃないのって。薄雲がかかって太陽を見失い、美しい暈の中にうっすらと見えてる、ああいう状態じゃないの、と言うので納得しました。科学的な知識が意外にありましたね、あの姉は。ところで風花はお天気用語ですよね？「今日風花が舞いました」ってテレビで。

荒　別に気象用語でなくても予報士の方は言うこともありますけど。晴れているときに積もった雪が風で飛ばされるやつみたいなので。降雪ではないみたいです。

ロ　風花は、けっこう俳人の好む季語。観天望気もいい言葉です。先生はほかに何か、気象の中でお好きな言葉とかありますか？

荒　こういうのは好きです。ホールパンチクラウドっていって、穴あき雲って呼ばれているやつです。

ロ　ブラックホールみたい？（笑）。中に美しい青空が見えて。

荒　上空に過冷却の雲の粒でできている冷たい水の雲があるようなときに、なんらかの理由で上昇流が発生して氷ができたりすると、その氷のほうが成長しやすいので、周りの液体でできている雲から水を吸って氷が成長していく。そうすると空に穴が開いていくっていう。氷が成長して落下しているんです。そして尾流雲《びりゅううん》。尻尾のほうに流れる雲。私はこれが、ホールパンチクラウドが好き、って書いておいてください。

ロ　「穴あき雲その真ん中の秋高し」尻尾みたいな雲も格好いい。

荒　これは別に穴あき雲だけじゃなくて、ふつうの雲にもこういうものはできます。さっき、笠雲とかつるし雲とかの話があったじゃないですか。山でできた大気の波があって、その波の上昇流に乗って雲ができているんですけど、その雲の中で成長した粒子が流れていって尻尾みたいになっているっていう、それが尾流雲ですね。ところで、雪氷学では積雪断面観測っていうのをするんですよ。雪国とかで結構雪が積もっている状態があるじゃないですか。そこを全部断面に切るんですね。地上からその積雪面までどういう層があるかっていうのを一つ一つ調べていきます。

ロ わあ。化石の発掘みたいですね！

荒 まさにそうです。いつどこでどういう雪が降ったのか、その雪の性質が、履歴となって残っているんです。積雪観測には独特なやり方があって、指を入れて、どのぐらいの固さなのかとか調べることもあるんです。

ロ 先生、それはまさに俳人のやり方です！ 目で見て、指で触れて、匂いを嗅いで、音を聞いて、味わう。雪はちょっと食べるのは無理ですけどね。

荒 どういう層なのか、それぞれ一つずつ見ていきます。雪の質とか、粒の大きさとかを測ったり、どういう雪なのかを見たり。ハンドテストのやり方もいろいろで、拳が入るとか、指が何本入るとか、ナイフが入るとか、鉛筆が入るとか。

ロ 原始的と言えば原始的ですね。機械でも測るんですよね？

荒 超音波か光学式のやつでレーザーを出して測ります。表面との時間差というか、返ってくるやつの違いで、元々の地表面の距離を調べる、という方法です。

ロ 私は巻尺で玄関の雪を測ってます。カチンって根雪に当たるとそこから下はわからなくなって困ります。どっちにしろ無理ですね、レーザーはふつうの家にないですね（笑）。それはさておきまして（笑）、最後に、中谷宇吉郎博士の「雪は天から送られた手紙である」について、どんな点が一番印象的ですか？

荒 そうですね……。手紙は受け取れるのですが、解読するのが難しいんです。雲の気持ちがなかなかわからないので。雲の気持ちを読み解くために、今もずっと手紙の解読を続けているっていうことですね。

ロ 素敵なお言葉をありがとうございます（拍手）。先生、今日は本当によくわかりました。子どもにも理解できるくらいに、わかりやすく嚙み砕いてお話ししていただけたと思います。子どもさん向けに、何かお話をされたりしておられるんですか？

荒 今、積乱雲の一生と、雪の結晶の絵本を作っています。

ロ それこそ俳人向けですね。姉の孫たちにも一冊ずつ贈ってあげたい。子どものうちから、雲や雪や風や、四季の季語に興味を持って育てば、季節とともに生きる豊かな人生になるということを教えてあげたいです。先生方のお仕事が、私たち俳人の仕事ともつながっているという気が益々してきました。今日は本当にありがとうございました。

秀句発表

ブログ『夏井いつきの１００年俳句日記』で募集した特選句、入選句、佳作を紹介します。

特選句

《六花》
ひいふうみいよいつむつのはなむつのはな　ヒカリゴケ
むつのはなさきのちぢれたねこのひげ　ぼたんのむら
昼八つの中山七里六花　伊予吟会 宵嵐
けものらの息吹尖りて六花　遠音
偽果として乳房偽薬として六花　青山酔鳴

《銀花》
とけてゆく銀花とじこめ月まがる　むらさき（5才）
銀花踏むヒールで日々を傷つける　森なゆた
葬儀いよいよ祝祭めいて銀花かな　桃猫雪子

《雪空》
雪空の豚舎脱走せる気配　内藤羊皐
雪空や5ガロン缶の火の粉舞ふ　すりいぴい
雪空や乳やる野犬立ったまま　天野姫城
雪空の低くなるたび足す墨汁　豊田すばる

《根雪》
校章の高の字の錆浮く根雪　出楽久眞
根の国の鼠の寝やる根雪かな　抹茶金魚

《新雪》
子羊抱けます新雪ひかります　小泉岩魚
新雪の内耳の奥を昏うせり　内藤羊皐
新雪のごと十三の乳房かな　有瀬こうこ

《雪の声》
雪の声拾う受話器が熱をもち　夜宵
雪の声ぱさり彼方のばさりかな　恋衣
オーボエの波形に似たる雪の声　穂積天玲

《餅雪》
餅雪の日輪ははにやさしくしてみたい　抹茶金魚

《衾雪》
衾雪汚してやる汚してやる　ひでやん
竜一の豆腐を買いに衾雪　純音
衾雪ふうわりかみさまも眠る　大熊猫
衾雪お前の墓が見つからぬ　薄荷光

《細雪》
細雪みやこの猫のたちどまる　ぐずみ
細雪男の傘は夜の色　亀田荒太
浮世絵の中は寒かろ細雪　熊蘭子
細雪喪服の黒は清き黒　片野瑞木
さらさらと墓の子あやす細雪　望月稀之（もちづき きみこ）

《雪の宿》
一頭の吊るされてをり雪の宿　あまぶー
好色な犬の哭くなり雪の宿　内藤羊皐
小太郎はただの犬だで雪の宿　悠き白。

《雪紐》
雪紐や硬く光れる皮裘　亜桜みかり
雪紐に囲はれてゐる象舎かな　内藤羊皐
雪紐をといて日差しを入れにけり　白石 美月

《筒雪》
筒雪の筒のたちまち壊れけり　井上じろ
灰色の筒雪ゆうらりひゅんひゅんひゅん　真繡

《冠雪》
若沖の鶏放つ冠雪　あいむ李景
ストライキ七日錨鎖に冠雪　はまゆう
かむりゆき払ひ和合の道の神　鈴木麗門

《雪庇》
青き空青き雪庇をつぼ湯より　えりこ
鳥野辺に堕ちしか雪庇踏み抜きて　はまゆう
此処すでに雪庇なりきと老シェルパ　可笑式
深深と晴れて雪庇をすべる風　順
あれはかつて波だつた雪庇か　大須賀一人

《水雪》
水雪や厄年表の朱色文字　さるぼぼ
水雪や吉報に沸く教務室　笑松

《べと雪》
べと雪や一人で写真焼く臭い　酒井おかわり
べと雪や戻りたい時代など無い　姫山りんご
べと雪やすぐに絡まる刺繡糸　片野瑞木

《しまり雪》
しまり雪の底をはやぶさ色のバス　西川由野
しまり雪轆轤の回る音微か　輝久
しまり雪酒屋の蔵に朱の鏝絵　桜井教人
蹄鉄のきゅると滑りしまり雪　理酔

《ざらめ雪》
ざらめ雪きちんとおはしもてません　ちま（3才）
ゾウと人へだててざらめ雪ひかる　阿武隈夏
ざらめ雪なんぞ雪の死骸です　花屋
ざらめ雪マークシートの涙めく　西原みどり

《湿雪》
湿雪や浅間山荘鉄球譚　めいおう星
鈍器めく封書の厚み湿雪　小泉岩魚
軽トラは唸ってばかり湿雪　城内幸江

《雪風》
雪風やキハ40の裾険し　としなり
雪風に繋ぎ目のあり夜汽車発つ　ねばれば
雪風やサハリンまでは暗きまま　井上じろ
雪風の速さの芯として鋼　海田
愁眉立つタロ雪風の匂いかな　七瀬ゆきこ
雪風に乗りてワルシャワ労働歌　鈴木麗門

《雪月夜》
雪月夜鳴かぬ獣と啼く鳥と　亜桜みかり
湖は水を開いて雪月夜　桜井教人
読み返す文豪の恋雪月夜　野風
雪月夜鏡の部屋に端座せり　蓼蟲

《雪景色》
雪景色切り絵の窓に灯はともる　モッツァレラえのくし
雪景色白鯨のごとバス来たる　霞山旅
人の名のポプラありけり雪景色　竜胆

《雪国》
雪国の詩人のカラオケは熱い　ポメロ親父
雪国の雪の底なる桜かな　理酔

入選句

《六花》
六花死とは祝福かもしれず　香野さとみ
ひとひらは帯締めへ止め六つの花　桜姫5
六花僧の筆先なめらかに　しー子
むつのはな遠き浅間の怒り顔　だいやま
六花けふ里親となりにけり　みやこまる
六花八百比丘尼の小さき膝　沢田朱里
むつの花頭に咲かせてダイダラ坊　中野ポン
軽トラに卓袱台積むや六花　天晴鈍ぞ孤
一二三四ツ谷五時頃六花　洒落神戸
六花音楽室の固き椅子　菊池洋勝
口づけの角度で受ける六花　江津
厳格な父送る日の初六花　幸満る
命日の清めた暮石に六花　蛍子
モノクロの古い頁の六花　雪雀
六花とは生まれし還る水まぼろし　知津

《銀花》
外ごらんメール届けば銀花の夜　紺
教室の銀花探しが流行る頃　玉花
首を巻く毛先に銀花群れなして　遠きいち
泣く肩へテロの瓦礫へそう銀花　水間澱凡
夜の底からあふれくる銀花かな　酔芙蓉
銀花咲けば子供の目ばかりの渋谷　つしまいくこ
銀花舞う全生の森子等とゆく　つるばら
山の墓骨壺に銀花透けゆく　禧祐

《雪空》
雪空や整形外科へ小走りに　市川七三子
雪空やキリンの檻が空っぽで　ちゃうりん
雪空や三者面談二日前　なないろ
雪空にはためくニッカボッカかな　ひなたひなこ
雪空を吸い込み放つ赤ん坊　人見直樹
雪空や宿のミニチュアボトルあけ　せり坊
雪空や頭陀の盛飯ぶぶあられ　明惟久里
背なの子の深き眠りや雪の空　木瓜
雪空や無限に続く闇に似て　湧雲文月
雪空や常より赤き紅を引く　祐知子

《根雪》
百日を日にち薬として根雪　小川めぐる
姨捨のこと思はるる根雪かな　日出時計
風止むと根雪になると教へられ　山内百雷

《新雪》
切り株の産毛のごとき新雪よ　さや
新雪や衝動買ひの色えんぴつ　ことまと
朝陽うけ新雪すんと匂い立つ　ささの浮舟
新雪や今日は授業をやめましょう　ほしの有紀

《雪の声》
雪の声ICUに父がゐて　dolce(ドルチェ)
沐浴のみどりごのこゑ雪のこゑ　花節湖
つかの間の星をきれいに雪の声　吉野ふく
そそけ立つ我が尾の太し雪の声　虎英

《餅雪》
餅雪や子狐は夜おつかいに　かすみ草

《衾雪》
後朝の文もむかしや衾雪　ももたもも
衾雪肥溜めの場所忘れけり　灰田兵庫

《雪の宿》
雪の宿夕餉フインランディア流る　ふみっぺ
燈消して襖分け合う雪の宿　山崎点眼
雪の宿発ちて轍の先も雪　中西柚子
手に触れし障子明るき雪の宿　北山更紗

《雪紐》
唐橋の雪紐辿り雲住寺　お気楽主婦
雪紐や家系図にゐる知らぬ人　中山月波

《筒雪》
疑心の夜筒雪のねじれ膨らむ　キラキラヒカル
筒雪の心音流れて震えたり　じゃすみん

電飾の街ふるさとの筒雪よ　ジュミー
筒雪を落とす鉄塔の男たち　マオ
地図は無し筒雪交差す青空　衷子

《冠雪》
お手植えの梛は穏やか冠雪　花南天 anne
蔵の戸に火伏の龍や冠雪　富山の露玉

《雪庇》
雪庇巻く思い上がって街を出て　まこち

《水雪》
水雪やうどんの生地を百踏みて　どかてい
みずゆきや素足に湯屋のげたはいて　半石
病む夫に逢ひにゆく水雪の中　みなと
水雪や妹亡くす日の賢治　佐東亜阿介
わらす水雪きゃっぽった4拍子　珠桜女あすか
水雪や鶴三つ折る中休み　八幡風花

《べと雪》
べと雪をひきずるあれは蔵ぼっこ　月の道
べと雪や鉄さび色の鞍馬石　彩楓（さいふう）

《しまり雪》
しまり雪何だかんだで銀婚式　かをり
右足をどこに置こうかしまり雪　ぐ
グランドの錠かかりたるしまり雪　ささのはのささ
しまり雪力士から立ちのぼる湯気　はまのはの
しまり雪踏ん張り回すネジ錆びて　久我恒子
地層から恐竜の骨しまり雪　杉島紘子
チューブより出てこぬ朱色しまり雪　比々き

《ざらめ雪》
ざらめ雪アルバイトなら辞めてきた　踏野正東風

《湿雪》
番傘のいろどり楽し湿り雪　アオキシゲル
終点の向こうに人家湿雪　夏椿

《雪風》
雪風や頬打つ熱さに哄笑す　しゃれこうべの妻
ふぶきひめのてからでてくるゆきのかぜ　座敷わらしなつき（5才）
雪風は三角定規の斜辺より　次郎の飼い主
雪風と入る早朝の厩務員　石川さん子

《雪月夜》
我もまた絵本のなかに雪月夜　伊予吟会 心嵐
老い猫と紅茶をいかが雪月夜　歌鈴
母ひとり眠らせてをり雪月夜　谷口詠美
雪月夜マーマレードの蓋固し　直木葉子
案内もう雪月夜から使者のこゑ　冬のおこじょ
ちちははのなれ初めを聞く雪月夜　猫愛すクリーム
葬式が最初の記憶雪月夜　碧女
我が影を踏みしめ帰る雪月夜　咲季

《雪景色》
雑貨屋の暗き硝子や雪景色　ラーラ
民宿の波打ちガラス雪景色　光恵
網棚の「ひよこ」の箱や雪景色　重波
雪景色モップの跡のリノリウム　神山刻
雪景色ばかり誉めたる旅の果て　文女
父母の仲良きころの雪景色　柝の音

《雪国》
雪国や一本道の先は誰ぞ　かま猫
雪国に嫁ぐは晴れの国生まれ　にゃん
雪国の大きこけしに迎へらる　浜風
初めての雪国ひとり旅の星　野良古
雪国の犬に雪国らしき貌　立川六珈

佳作

《六花》
どんとこい六花は降るもの解けるもの　あきこ
六花見つ冬ソナ想う我六十路　みっちゃん一号
旅の空投函間際を六花　紅の子
袖を刺す六花解け丸になる　税悦
六花のパズル　答えは永遠のいのち　満る

《銀花》
モノログの音無き里に銀花舞う　うさぎまんじゅう
沖ノ島座す野良犬の眼に銀花　ちびつぶぶどう

《雪空》
流れたるいのちは今朝の雪空へ　あるきしちはる
雪空は蓋し龍吐く吐息かな　たあさん
ゆきぞらや大工の人がたいへんだ　けいご（6才）
ゆきぞらやだれもいないかどこにいる　たくみ（4才）
鄙歌の雪空へ色滲ませり　うしうし
泣笑いするクレヨンが雪空に　柊月子
雪空にパパとさんぽおもしろい　かずさ
雪空や宇宙の果てを見つけたり　高橋鰈舟
老いらくの恋と笑いし雪空　森子
雪空やフラを踊りにジムへ行く　都乃あざみ

《根雪》
スコップでどつくと返るこの根雪　渡邊空
吐く息も根雪もワルの臭いして　死人花
出社前根雪の前にしかめ面　じゅん
山裾は根雪の解けてふきのたう　杉竹
胸しこりある老い猫と見る根雪　ねもじ
腹くくる嫁入る里の根雪かな　井上祐三

《新雪》
無垢の新雪シュプールは決まった　恵々

最寄り駅まで新雪を光りゆく　ときこ
新雪や蹴って跳びはね転げた日　クロまま
新雪の唄の流れてすすむ酒　三面相
被写体は新雪なのか屈む人　まやこや
新雪の隠す二三のわろきこと　夜市
新雪や吾恋そめしはじめなり　寒蛙
新雪よ積もれわたしを浄化せよ　秋尾
新雪やおとうは昨日東京へ　小市
新雪へ花びらのごと獣あと　深草あやめ
新雪に足を取られて空の青　大和咲良（やまとさくら）
新雪の街童話がひとつ生まれそう　田中ようちゃん
戦前や若き男女の見る新雪　野中泰風

《雪の声》
よるのときだれもいなかったよ雪の声　りぱんみるく
雪の声魔法使いの笑い声　さな（5才）
雪の声蔵王に轟くモンスター　新米
言い出せぬ別れを告げる雪の声　つばさ
雪の声きゅうけいしたら聞こえたよ　はる
濃墨に孕む空気や雪の声　安
子守唄いつしか雪の声となり　りら
触れられぬ娘想ひて雪の声　心和香
ペダル漕げペダル漕げよと雪の声　青滴

《衾雪》
衾雪見えぬ何かの宴して　タクラマカン
衾雪海馬しびるる朝である　小田寺登女
衾雪やかんはしゅんしゅん音をたて　鈴海老

《細雪》
猪口をすううすきくちびる細雪　台所のキフジン
細雪横顔見せて本を読む　浜けい
細雪遺影の笑顔温かく　睦月

《雪の宿》
軒下に猫潜り込む雪の宿　花鶏イトヨ
雪の宿婆（ば）さまの唄うこきりこ節　帰帆の仔
薬湯の薬缶ちんちん雪の宿　凡鑽
描かずのわかき画僧が雪の宿　三重丸
朝はどこから来る雪の宿暗し　ゆめ

《雪紐》
雪紐や粘り強さと記す長所　ヤッチー
訳なく欄干の雪紐払う　車椅子ママ
雪紐や地中に溜まる龍の息　くま鶉
蛇の如く昇る雪紐天帰る　ミセウ愛

《筒雪》
静かに　あなたを温める　筒雪　かつのり
筒雪やどうも風無きあの辺り　一生のふさく

《冠雪》
冠雪お菓子になったおかげ犬　斎乃雪

《雪庇》
真青なる重きに耐へる雪庇かな　夏柿
雪庇あらば土工は発破繰り延べむ　高尾彩
雪庇落ち一瞬で飲み込まれる恐怖なり　裾野@旭川
空を食む群は雪庇となりにけり　小倉じゅんまき

《水雪》
僕は家そとは水雪すずしぶき　そお
水雪やグシャグシャ踏んで孫と行く　久衛
ちまちゃんの手にみずゆきのちさき星　月の道
むらさきちゃん跳ねるみずゆき星生る　月の道
水雪や両生類の足音か　莎草（ささめ）

《べと雪》
べと雪や傘は車道にお辞儀する　痺麻人

《しまり雪》
青空が見えた汚れたしまり雪　みおん
尊老の雑学のごとしまり雪　赤馬福助

《ざらめ雪》
高速の荷台の上のざらめ雪　徳

《湿雪》
兄嫁の視線外しぬ湿雪　かつたろー。

《雪風》
迷うなよ雪風あれる友の葬　よしお
雪風に向かう気骨はないけれど　狸漫住

《雪月夜》
昇龍ノ刺繍学ラン雪月夜　いもとやへえ
廃線の轍を照らし雪月夜　クニユキ
万華鏡中に迷へり雪月夜　喜多輝女
雪月夜神社の鳥居をくぐらん　大津美
信号の色のみ移り雪月夜　彼方

《雪景色》
世の汚れ覆い隠すか雪景色　小林ぽぽんた
七並べ勝っても負けても雪景色　豆田こまめ

《雪国》
雪国に生涯住めぬ臓器かな　ももひろじゅん
雪国のお宿の訛りぬくきかな　蚊詩
娘らの帰去来雪国へ　俳菜
縁ありて雪国育ちそれで佳し　八かい
五羽の鶏囲ひ飼へる雪国の子　結城 然

夏井いつきが選ぶ！
「花」「時鳥」「月」の俳句大募集！

●本書綴じ込みの投句用はがきを使用して郵送で応募してください。1枚のはがきで1作品の応募となります。新作の未発表の俳句を楷書でご投句ください。なお、投句用はがきの仕様を守れば（必要事項をもれなく記入）、郵便・私製はがき1枚で1作品の応募をすることも可能です。また、刊行予定のすべての歳時記シリーズ『夏井いつきの「花」の歳時記』（2018年3月刊行予定）、『夏井いつきの「時鳥」の歳時記』（2018年6月刊行予定）、『夏井いつきの「月」の歳時記』（2018年9月刊行予定）共通で使用できます。それぞれ傍題での応募も可能です。

●締め切り・入賞発表：
◎兼題「花」 2018年1月20日（土）消印有効
⇒『夏井いつきの「花」の歳時記』で発表
◎兼題「時鳥」 2018年4月20日（金）消印有効
⇒『夏井いつきの「時鳥」の歳時記』で発表
◎兼題「月」 2018年7月20日（金）消印有効
⇒『夏井いつきの「月」の歳時記』で発表
※入賞結果の通知は書籍の刊行をもってかえさせていただきます。
※句、俳号（または氏名）が掲載されます。

●選者：夏井いつき
●応募作品へのお問い合わせ、訂正はご遠慮ください。
作品は返却いたしませんので必ずコピーをお取りください。
●免責事項：諸事情で歳時記シリーズが刊行されない場合は、発行元の公式ホームページでの掲載となります。
http://www.sekaibunka.com/

夏井いつき（なつい・いつき）

1957年生まれ。松山市在住。8年間の中学校国語教諭経験をへて俳人に転身。俳句集団「いつき組」組長。『プレバト!!』（MBS/TBS系）、『NHK俳句』などテレビ、ラジオのほか、雑誌、新聞、webの各メディアで活躍中。「100年俳句計画」の志のもと、俳句の豊かさ、楽しさを伝えるべく、俳句の授業〈句会ライブ〉、全国高等学校俳句選手権大会「俳句甲子園」の創設に関わり、俳句の指導にも力を注ぐ。朝日新聞愛媛俳壇選者、愛媛新聞日曜版小中学生俳句欄選者。2015年より俳都松山大使。『夏井いつきの超カンタン！俳句塾』（小社刊）、句集『伊月集 龍』（朝日出版社刊）、『子規365日』（朝日新聞出版刊）ほか著書多数。
ブログ　夏井いつきの100年俳句日記
　　　　http://100nenhaiku.marukobo.com

デザイン　岡本デザイン室（岡本洋平＋坂本弓華）
撮影（著者）　伏見早織（世界文化社）
ヘアメイク　中田有美（オン・ザ・ストマック）
着付け　宮澤 愛（東京衣裳株式会社）
衣裳協力　株式会社東郷織物
図版作成　湯沢知子
執筆協力　ローゼン千津・八塚秀美・家藤正人
編集　三宅礼子
校正　株式会社円水社

夏井いつきの「雪」の歳時記

発行日　2017年11月15日　初版第1刷発行

著者　夏井いつき
発行者　井澤豊一郎
発行　株式会社世界文化社
〒102-8187
東京都千代田区九段北4-2-29
電話03-3262-5118（編集部）
電話03-3262-5115（販売部）
印刷・製本　凸版印刷株式会社

ISBN978-4-418-17255-9